아저씨
록밴드를
결성하다

이현

잡지사와 신문사에서 일하며 약 10년 동안 기자로서 수많은 취재원들과 인연을 맺었다. 때로는 사건 취재를 위해 병실에 침투하는 무모한 일도 했었고, 때로는 소위 '물'이라는 것을 먹고 팀장에게 혼쭐도 났다. 파릇파릇한 신입 기자 시절, 빨간 줄이 쫙쫙 가 있던 내 첫 기사를 들여다보며 망연자실하던 때가 엊그제 같건만, 지금은 새로운 꿈을 꾸며 또 다른 도약을 준비 중이다.

이화여대 철학과 졸업 – 서울문화사 기자 – 《굿데이신문》 연예, 경제, 문화 기자 – 뉴스엔 엔터테인먼트 연예 기자 – 《일간스포츠》 연예, TF 기획팀 기자 – 현재 새로운 꿈을 꾸는 프리랜서 기자

홍은미

논밭을 뒹굴고 개구리, 가재 등을 잡으며 어린 시절을 보냈다. 하반신 마비였던 외할아버지는 어린 손녀가 휠체어를 밀면 답례로 풀피리를 불거나 초상화를 그려 주시곤 했다. 그 시절 느낀 푸른 하늘과 풀 냄새, 벌레, 바람, 태양의 아름다움을 잊지 못한다. 대학에서 철학을 공부했고 2년간 기자생활을 했다. 현재는 한국예술종합학교 영상원에서 '팔리는 시나리오'를 쓰기 위해 노력하고 있다.

연세대학교 철학과 졸업 – 《일간스포츠》 연예 기자 – 현재 한국예술종합학교 영상원 전문사 시나리오과 재학 중

# 아저씨,
# 록밴드를 결성하다

**초판 1쇄 인쇄** 2009년 7월 10일
**초판 1쇄 발행** 2009년 7월 25일

**지은이** 이현 · 홍은미 | **펴낸이** 김종길
**편집부** 이혜선 · 한정희 · 이경숙 | **디자인부** 박은진 · 김영미 · 윤진숙 · 박초롱
**마케팅부** 김재룡 · 박용철 | **인터넷 사업부** 현지선 | **홍보부** 홍순정 | **관리부** 조효원 · 최현석
**펴낸곳** 글담출판사 | **출판등록** 제7–186호
**주소** (132–898) 서울시 도봉구 창4동 9번지 한국빌딩 7층
**전화** 02)998–7030 | **팩스** (02)998–7924
**홈페이지** www.geuldam.com | **이메일** bookmaster@geuldam.com
**블로그** http://blog.naver.com/guldam4u

**값** 11,800원

**ISBN** 978–89–92814–18–8 03810
잘못 만들어진 책은 바꾸어 드립니다.

글담출판사는 독자 여러분의 의견에 항상 귀 기울이고 있습니다.
책에 대한 좋은 아이디어ㅏ 원고가 있으신 분은 bookmaster@geuldam.com으로 보내 주세요.

「이 도서의 국립중앙도서관 출판시도서목록(CIP)은 e-CIP 홈페이지(http://www.nl.go.kr/ecip)에서 이용하실 수 있습니다.(CIP제어번호 : CIP2009001970)」

사 는 재 미 를 잃 어 버 린 아 저 씨 들 의 문 화 대 반 란

# 아저씨 짠밴드를 결성하다

이현, 홍은미 지음

글담출판사
www.geuldam.com

대한민국 대표 꽃중년들의
**추천의 글**

●

대한민국의 남자들이라면, 사랑하는 가족의 안위와 행복을 위해 온몸을 바치고
그것이 자기의 행복이라 생각해 왔지만 퇴근 길 차창 밖으로 보이는 풍경을 바라보다
불현듯 내가 없어진 것 같은 허탈감에 기분이 이상해질 때가 있을 것이다.
중년의 남자들도 자신을 소중히 할 줄 알아야 한다는 이 책의 내용은
그래서 더 고개를 끄덕거리게 한다. 역시 스스로 행복한 남편과 아버지가 되는 것이
아내와 아이들을 가장 기쁘게 하는 요소일지도……
그런 의미에서 가족과 함께 이 책을 읽으면 의미가 깊을 것 같다.
**최수종**

●

이 책에 나오는 중년 남자들은 모두 섹시하고 건강해 보인다.
아마도 잃어버렸던 낭만과 꿈을 다시 찾았기 때문일 거다.
나도 내가 좋아하는 연기를 할 때 가장 행복하다.
록밴드, 자전거, 색소폰……. 어떤 것이라도 좋다.
대한민국 남자들 모두 하고 싶은 것을 하며 살았으면 좋겠다.
**손창민**

●

이 책을 읽고 공감, 또 공감한다. 연기자의 길을 걸어 왔지만
중년을 살고 있는 남자들의 심정이란 다 똑같은 것이다.
우리들의 허전함과 외로움을 우리끼리 알아주지 않으면 또 누가 알까.
"당신은 섹시하십니까?"란 질문에 뜨끔하지 않을 중년 남자들은 별로 없겠지.
자신을 되돌아보게 하고 변화의 계기를 충분히 주는 책이다.
역시 내가 행복해야 세상이 행복하다.
**이재룡**

●

중년 남자가 느끼는 상실감과 허탈감은 표현하는 그 어떤 말보다 그 이상이다.
배우처럼 화려해 보이는 직업도 예외는 아니다.
이 책은 나에게 에너지를 불어넣는다.
잃어버렸던 꿈과 재미를 향해 한 번 더 뛰어 보라고, 당신은 뛸 수 있다고!
꽃중년들이여! 우리의 새로운 청정 에너지를 찾아 떠나자!
**오대규**

Contents

Interview 3

Interview 4

Interview 6

Interview 7

Interview 8

**PART 2.**

스타일은 죽지 않았다
다만 진짜로 몰랐을 뿐이다

Style 2

아저씨, 새로운 음식문화와
사랑에 빠지다 • 238

아저씨,
우리 사회에서
가장 놓아야 할
사람들

# 당신은 섹시하십니까?

죄송하다. 이 책의 첫 질문은 '당신은 섹시하십니까?'다. '마흔 하고도 쉰을 넘어가는 나이에 섹시는 무슨'이라며 코웃음을 칠지도 모르겠다. 미안하지만 이 책을 쓰기 위해 만나 본 여덟 명의 중년 남성 인터뷰이는 모두 섹시했다. 당신과 같은 나이 혹은 당신보다 많은 나이를 가진 그들이 이십대 후반의 여성에게 '섹스어필'을 했다.

여덟 명의 인터뷰이가 장동건처럼 잘생기고 비처럼 복근을 가지고 있었을까? 그건 아니다. 외모는 평범한 중년 남성 그대로였다. 하지만 그들에겐 뭔가 특별한 것이 있었다. 그들이 갖고 있는, 당신이 가지고 있지 않은 그 무언가는 무엇이었을까.

남자라면 칠십 먹은 할아버지라도 이성에게 어필하고 싶어하는 강한 욕망이 있다. 남자에게 성적 매력은 생명과도 같은 것이다. 하지만 결혼과 함께 한국 남성들의 성적 매력은 카사노바에게나 허락된 것인 양 무시되기 일쑤다. 똑같은 넥타이에 검은 양복으로 뱃살을 가린

중년 남성. 인정하기 싫지만 성적 매력이라고는 찾아볼 수 없는 이 사람이 바로 당신이다. 성적 매력이 중요한 이유는 이것이 나이와 상관없이 당신을 청년으로 만들어 주기 때문이다.

어떤 때 중년 남성에게 섹시함을 느끼느냐고 20대 여성에게 물었다. 대답과 상황은 구체적이고 다양했다. "휴무 날 리바이스 청바지에 빨간색 캔버스 운동화를 신고 회사에 출근한 50대 대표를 봤을 때 이전과 달라 보이며 섹시하다란 생각을 했다." "완벽하게 슈트를 갖춰 입은 중년 남성에게 매력을 느꼈다." "배낭여행을 준비하며 설레어하는 부장이 전과는 다르게 느껴지며 어떤 끌림을 느꼈다." "회식 때 팀원들을 집으로 초대해 요리를 해주는 팀장에게 매력을 느꼈다." "회의 중 문득 캘빈 클라인 향수 냄새가 날 때 매력을 느꼈다." 등의 대답이 있었다.

각양각색의 대답 속에 관통하는 하나의 공식이 있었다. '중년 남성 매력 발산 공식'은 바로 '타성에 젖은 익숙함을 떨쳐 버리고 무언가 변화를 시도할 때'였다. 다시 말하면 익숙하다는 이유로 계속 같은 일을 반복하는 사람은 멋없는 '꼰대 아저씨'란 말이다.

예를 들어 회사 근처에 그리 맛있지도 않고 맛없지도 않은 순댓국집이 있다고 치자. 회식 다음 날, 당신은 언제나 이도저도 아닌 순댓국집을 찾는다. 습관적으로 말이다. 하지만 그 순댓국집 바로 옆에는 베트남 쌀국숫집이 있다. 왠지 모르게 베트남 쌀국숫집에 들어가는 자신의 모습은 어색하다. 하지만 용기를 내 베트남 쌀국수를 맛본 당신은

아저씨, 록밴드를 결성하다

동남아 음식의 매력을 알게 되고, 해장에도 좋은 음식이라는 걸 알게 된다. 베트남 쌀국수에 대한 당신의 식탐은 태국 음식으로 이어지고, 말레이시아 음식의 매력도 알게 된다. 새로운 세계가 열리는 것이다.

모든 변화에는 용기가 필요하다. 그리고 용기를 낸 후에는 반드시 그만한 보상이 따른다. 남들 눈을 의식해 스스로의 가능성을 닫아 버릴 때 사람은 늙어 버린다. 이것은 여성도 마찬가지다. 변화를 두려워하지 않을 때 당신은 당신이 원하는 사람이 돼 있을 것이다. 청년의 눈을 하고 삶에 대한 열정과 자신감으로 똘똘 뭉친 남자 말이다.

여덟 명의 인터뷰이가 공통적으로 가지고 있던 매력의 근원은 '자신감'이었다. 변화를 두려워하지 않는 자신감, 자기 자신이 무엇을 좋아하고 어떤 것을 했을 때 행복한지 아는 자신감 말이다. 이 자신감은 그들을 젊어 보이게 했다.

당신도 착한 남자 콤플렉스일까?

마초 근성을 가진 보수적인 남편 이미지로 점철된 한국 남성들. 하지만 실상은 '소심한' 착한 남자들이다.

자신은 백화점에서 세일하는 만 원짜리 와이셔츠를 입을지언정 자신의 된장녀 아내에게는 명품 백, 명품 구두를 사줘야 한다고 생각하는 게 한국 남자다. 가족의 생계를 평생 책임져야 하고, 아내가 바깥에서 힘들게 일하는 것이 자신의 무능 탓이라고 자책하는 한국 남자들의 '착한 남자 콤플렉스'는 어디서 기인한 것일까.

여기 시나리오 하나, 첩을 두고 가장의 역할은 부인에게 떠넘긴 무능력한 남자를 아버지로 뒀던 지금의 중년 남성들 세대는 큰 결심을 한다. 절대로 내 아내를 어머니처럼 만들지 말아야지, 가정이란 울타리를 굳건히 지켜야지. 여기에 1980~1990년대의 고도 경제성장기에 산업역군이 되어야 했던 그들의 시점이 맞물린다. 근면성실하게 일했고 살아남기 위해 야근을 밥 먹듯이 하며 자리를 지켰다. 아내에게 카드를 주며 옷도 사 입고 피부 관리도 받으라고 했다. 아이들에게는 사교육을 비난하면서도 비싼 학원에 등록시켰다. 라디오에서 흘러나오는 비틀즈의 노래를 들으며 자란 남자의 감성은 가슴속 깊이 묻어버렸다.

하지만 이 착한 남자에게 이제 남은 것은 '한 번 끓이면 한 달은 먹어야 한다는 곰국'을 만들고는 친구들과 단풍놀이를 떠나는 부인과 '일중독자인 아버지는 내 졸업식과 운동회에 제대로 참석한 적이 없다.'는 이유로 자신을 나쁜 아버지로 낙인찍은 아이들이 있을 뿐이다. 청춘과 인생을 쏟아 붓던 회사는 이제 더 이상 나를 필요로 하지 않는다. '열심히 산 죄밖에 없는 내가 왜 이런 외로운 삶과 대면해야 하는 것일까?' 의문이 생길 수밖에 없다.

아저씨, 록밴드를 결성하다

# 오춘기에 바람 피우시려고요?

중년 남성에게 '바람'은 단순히 바람 이상의 의미가 있다. 니콜라스 케이지가 세계 여성에게 어필한 첫 영화 〈문스트럭〉(1987)에서 로즈 부인은 바람난 남편의 외도를 이렇게 분석하며 미소 짓는다.

"남자는 죽음을 두려워한다. 그래서 바람을 피우는 거다."

일리가 있는 말이다. 중년 남성들은 종종 자신이 살아 있다는 것을 확인하는 위험한 방법으로 연애를 택한다. 그것도 젊은 여성과.

어느 날 문득 아무것도 모자랄 것 없는 가정에, 사회생활에, 삶에 회의를 느끼는 것이 중년 남성들의 공통적인 괴로움이다. 왜 괴로운지 모르면서 허한 감정을 느끼고 그것을 채우는 수단으로 위험한 사랑을 택하기도 하고 극단적 선택을 하기도 한다. 한마디로 '오춘기'에 접어든 것이다.

여성이 폐경기에 심각한 우울증을 앓듯 남성도 40~50대에 접어들면 이와 유사한 증상을 보인다. 우선 육체적 쇠락과 불신이 이런 우울증을 부채질한다. 샤워 후 거울을 봤을 때 느껴지는 자기 혐오감은 상상을 초월하는 스트레스를 유발한다. 탤런트 권상우의 몸매는 아니더라도 어느 정도 마지노선은 지켜 왔다고 자신해 왔는데, 어느 순간 문득 거울을 보니 불룩한 배와 곳곳에 튀어나온 살들이 눈에 들어온다.

여기서 시작이다. 깊은 자괴감과 함께 자신의 삶을 진지하게 반추해 본
다. 회사에서의 자신의 위치와 퇴직 후 가정에서의 위치도 생각해 본
다. 쓸쓸할 수밖에 없다.

결국 현실에 대한 직시는 결핍이라는 정서와 허망
감을 불러일으킨다. 이를 채우기 위해 중년 남성은 어떤 것에 대
한 열정을 불태운다. 때로는 사랑이라는 불장난이 될 수 있고 때로는
창업이라는 도전이 될 수도 있다. 결과는 무엇이든 쉽지 않다.

# 어느 날 문득 내가 없었다

"어느 날 문득 내가 없었다." 가정주부로 평생을 살다가 50세에 뒤늦게
문단에 등단한 여류 수필가가 함직한 말이다. 하지만 내가 인터뷰한 거
의 대부분의 중년 남성의 입에서 이와 똑같은 말이 나왔다.

"40대를 넘어서니까 밥벌이가 어느 정도 안정되고 가정일도 원만
하니 내가 죽도록 전력투구해야 할 이유가 없어지는 거예요. 내 것이
없다는 생각, 우리 나이 때면 다 하는 고민이에요."
"마라톤을 한다고 생각해 보세요. 계속 가야 할 목표가

있을 때는 별다른 생각이 들지 않습니다. 하지만 결승점에 들어오는 순간 마라토너들은 그 자리에 주저앉거나 코칭스태프 품에 안겨 웁니다. 인생을 연극이나 마라톤이라고 한다면 우리 또래는 연극이 끝난 직후이거나 결승점에 도달해 주저앉아 있는 그 순간일 겁니다."

"인생이 따분하지는 않았는데 딱 마흔이 되니까 내가 없다는 생각이 들더라고요. 십여 년을 회사에 전념했고 어느 정도 안정도 됐는데 팽팽한 줄이 탁 끊어지듯 허탈감이 몰려오더라고요. 진짜 내 것이 없다는 생각이 들면서 뭔가 재밌는 게 없을까, 나만을 위한 게 없을까 둘러보게 됐어요."

### 이제라도 '달리기 인생'을 접고 당신을 위해 '뒤풀이'를 해라!

사춘기, 샘솟는 에너지를 주체하지 못해 눈물 흘리고, 사랑하고, 마음 아파 죽을 것만 같던 그 시기를 기억하는가. 당신은 40년이 지나 다시 그 자리에 와 있는 것이다.

오춘기에 접어든 중년 남성에게 줄 극약 처방은 한마디로 '놀이'다. 두 번째 인터뷰이인 김병량 교수가 말한 것처럼, 지금의 중년 남성은 '달리기 인생'이란 연극을 막 끝낸 극단의 배우들이다. 연극이 끝난 뒤 배우들은 뭘 해야 할까? 바로 '뒤풀이'다. 무대에 막이 내려졌다면 이젠 질펀하게 놀 차례다.

여태껏 '내'가 없었던 이유는 억지로 억지로 '나'를

지우는 작업을 애써 반복했기 때문이다. 가장이라는 이름으로, 부장이라는 이름으로 '나'를 대신했던 당신에게 이 책은 '이제라도 당신을 찾아라!' 하고 권한다.

이 책의 1부에서는 여덟 명의 선배들이 자신들의 삶을 어떻게 즐기고 있는지, 어떤 놀이를 하면서 자신에게 상을 주고 있는지를 들려준다. 2부에서는 젊게 사는 '꽃중년'이 알아야 할 라이프스타일에 대해 이야기한다. 부디 이 책을 읽는 독자 모두가 변화를 두려워하지 않는 행복한 아저씨가 되길 기도해 본다.

**아저씨, 록밴드를 결성하다**

이제라도
'달리기 인생'을 접고
당신을 위해
'뒤풀이'를 해라!

# Part 1
## 낭만은 죽지 않았다
## 다만 모른 체했을 뿐이다

# 아저씨,
# 록밴드를 결성하다

## 7080 록밴드 '시월산수'

● 원태연- 키보드(1957년생, 자영업), 유병훈- 기타(1957년생, 중소기업 대표)
  이광호- 기타(1964년생, 삼성카드 근무), 이충열- 베이스(1962년생, 국립중앙박물관 근무)
  김기욱- 보컬(1970년생, AIG생명 근무), 정승관- 드러머(1962년생, 무역업)

# 너희가
# 낭만을 아느냐고
# 묻고 싶었다

한 시간 전 라이브 카페의 조그만 무대에서 50이 다 된 사내는 끝내 울음을 터뜨리고 말았다. 우는 사내를 보며 동료들의 목울대도 뜨거워졌다. 그저 음악을 다시 하고 싶다는 생각에 취미생활로 시작한 직장인 밴드였는데 이렇게 삶을 좌지우지할 줄은 꿈에도 몰랐다. 회사에서는 사장님 소리를 들으며 냉철한 모습만 보이는 사내였지만 무대 위에서는 한없이 감정적인 열아홉 살 사춘기 소년이었다.

"사업차 외국으로 나가게 돼서 더는 시월산수의 드럼을 맡을 수가 없게 됐어요. 아, 울지 않으려고 했는데⋯⋯. 직장인 밴드는 정말 중독성이 있는 거 같아요. 지난 2년간 너무 행복했고⋯⋯."

끝내 말을 잇지 못할 것 같던 그는 겸연쩍은 듯 빙긋 웃으며 마이크를 다시 잡았다.

"제 휴대폰이 이번 주 수요일까지 살아 있거든요. 저한테 관심 있으신 분은 수요일까지 연락 주세요! 016-XXX-XXXX. 즉석 만남, 화끈한 만남 모두 다 환영입니다!"

울먹이면서도 거침없는 유머를 던지는 중년의 아저씨에게 20대 여성 관객들은 벌떡 일어나 환호를 보냈다. 여기저기서 "오빠! 사랑해요!" "멋있어요!" "울지 말아요!" 소리가 터져 나왔다. 시월산수의 드러머 정승관 씨의 마지막 무대는 누가 봐도 부러운 광경이었다.

우리에게 한순간이라도 낭만이 새벽잠보다 소중하던 시절이 있었다면, 우리는 그 사내와 무대에 서 있던 동료들이 부러울 수밖에 없다. 그 자리에 있던 모두가 그랬던 것처럼.

밤 11시가 넘어서야 끝난 시월산수의 공연 후 아쉬운 발걸음을 옮기면서 인천 신포동 번화가를 걷는 청춘남녀에게 묻고 싶었다. 당신들이 정말 '낭만'이 뭔지 아냐고. 저기 아직 불빛이 빛나고 있는 2층 라이브 카페에 낭만이 무엇인지, 멋이 무엇인지 아는 사람들이 있다고. 이 밤에 낭만을 찾아 떠도는 길이라면 저곳으로 가라고 말하고 싶었다.

# 시월산수,
# 순도 100퍼센트
# 아저씨 밴드

직장인 밴드는 많았지만 순도 100퍼센트의 아저씨 밴드는 찾기 힘들었다. 직장인 밴드로 유명세를 탄 여러 밴드가 있었지만 40~50대 아저씨들만 모인 실력 있는 밴드는 없었다. 젊고 예쁜 여자 보컬이 있다든지, 드러머가 20대라든지, 객원 수준의 활동을 한다든지 등의 '결격 사유'가 꼭 있었다.

인터넷 검색을 거듭하던 끝에 2008년 SBS에서 주최한 직장인 밴드 페스티벌에서 최우수상을 탄 시월산수(詩月山水) 밴드의 사진을 보는 순간 '이거다!' 싶었다. 빵모자를 눌러 쓴 푸근한 인상의 보컬, 이마가 다소 넓어 보이는 베이시스트, 배가 나온 드러머, 각진 머리 스타일의 기타리스트……

"시와 달과 산과 물에 취해 치기 어린 시구라도 읊조리는 풍류를 알고 삶의 질곡 속에서 나름대로 삶의 깊이를 알아 버린 우리. 이제 그 깊이를 음악 속에 집어넣으렵니다."

밴드 소개 역시 딱 들어맞았다. 우리가 찾던 아저씨 밴드가 틀림

없었다.

"이번 주 일요일 저녁에 인천에서 공연이 있어요. 그날 아니면 한 달은 넘겨서야 모일 거 같은데 오시겠어요?"

시월산수 멤버들은 한마디로 '바빴다.' 밴드 리더는 한 번에 전화를 받는 일이 없었고 가까스로 인터뷰 시간을 조정해야 했다. 아직 현업에 전력투구하고 있는 멤버들 일정상 급하게 인터뷰를 잡고 인천으로 한달음에 달려갔다. 공연 전 주어진 인터뷰 시간은 단 1시간. 톱스타 인터뷰보다 야박했지만 달리 방법이 없었다. 탕수육 한 접시와 고량주 한 병을 앞에 두고 시월산수와의 인터뷰는 시작됐다.

시월산수는 인천을 본거지로 삼고 있었다. 인하대학교 밴드부 인드키 선후배 관계인 원태연(키보드), 유병훈(기타), 김기욱(보컬)이 시월산수의 주축이 됐기 때문이다.

"아유, 학교 때는 쳐다볼 수도 없는 대선배님이셨죠. 지금이야 나이도 먹고 시월산수 하면서 형이라고 부르지만 제가 대학 다닐 때만 해도 두 분의 포스가 대단하셨거든요. 십 년 차이가 넘는 형님들이 밴드 하자고 하시는데 안 할 수가 있어야지요. 물론 저도 음악에 많이 목말라 있던 차였지만요."

이제 막 마흔이 된 젊은 피 김기욱 씨가 먼저 입을 열었다. 인드키 결성 30주년 기념행사로 OB들의 공연이 기획됐는데 이때 첫 모임을 가진 것이 시월산수의 모태가 됐다. 장난기가 발동해 비(非)인하대 출신 멤버들이 소외감을 느끼겠다고 운을 떼자 베이시스트 이충렬 씨의 볼

아저씨, 록밴드를 결성하다

인드키 결성 30주년 기념행사로
OB들의 공연이 기획됐는데
이때 첫 모임을 가진 것이 시월산수의 모태가 됐다.

멘소리가 터져 나왔다.

　"아유~ 소외감 당연히 느끼죠. 연습을 만날 인천에서 하는 것만

봐도 알 수 있잖아요. 인천까지 오시느라 힘드셨죠? 저는 서울 상계동

에 살아요. 인천까지 연습하러 오려면 보통 힘든 게 아니에요. 그래도

어쩌겠어요. 음악 생각에 막힌 도로에서도 신바람이 나는데."

# 20대,
# 기타를 버리고
# 넥타이를 매다

장염에 걸려 물 한 모금 마시는 것도 힘들어하던 기타리스트 이광호 씨 역시 인터넷을 통해 시월산수에 합류하게 된 케이스.

"보성고등학교를 나왔는데 그때부터 기타에 미쳐 있었지요. 대학 졸업 후 잠시 음악을 본업으로 삼은 적도 있어요. 그런데 프로와 아마추어는 다르더라고요. 속칭 '오부리바'라고 즉석 연주 밴드가 있는 술집, 나이트클럽, 칠순잔치, 안 해본 반주가 없어요. 반주도 하고 사회도 봤었죠. '며느님 인사~' 이러면서 말이죠."

이광호 씨의 말에 이충렬 씨가 발끈하고 나섰다.

"그래도 이쪽은 실력이 출중해 호텔에서 반주했죠. 저도 잠시 음악을 본업으로 삼았는데 정말 힘들었어요. 낙원상가 전화방에 앉아서 일감 기다리는 그 심정. 겪어 보지 않은 사람은 몰라요. 젊은 날에는 베이스의 매력에 흠뻑 빠져서 세계 제일의 베이시스트가 되겠다고 결심했었지만 그게 쉽지 않더라고요. 군에 있을 때만 해도 위문공연단에 차출돼 음악을 계속했는데 제대하고 나니 세상이 바뀌었더라고요. 밴드

드러머-정승관, 기타-유병훈, 키보드-원태연, 기타-이광호, 보컬-김기욱, 베이스-이충열(시계 방향 순)

가 다 죽고 녹음된 반주(MR)로만 노래를 하더라고요. 할 수 없이 넥타이를 맸죠."

이야기는 얼마 전 KBS에서 방영된 〈다큐멘터리 3일〉로 번졌다. 죽어 버린 음악 시장만큼 쇠락해 버린 낙원상가와 그곳에서 끝까지 음악을 놓지 못하는 이름 모를 뮤지션들의 고단한 일상을 담은 다큐멘터리.

멤버들은 자신들이 20대에 음악을 포기하지 않았더라면 그분들과 똑같은 삶을 살고 있을 거라며 쓴웃음을 지었다.

"한국에서 음악을 한다는 게 그렇죠. 현실은 현실이니까요. 시장 바닥에서 아무도 듣지 않는데 공연하는 그분들을 텔레비전으로 보면서 저는 감회가 남달랐어요. 가슴이 저리죠. 지금이야 공연문화가 발달하고 라이브 카페가 어딜 가나 있죠. 저희 땐 그렇지 않았어요. 그래서 요즘 음악 하는 젊은이들을 보면 부러운 마음이 생기기도 해요."

입맛이 쓴지 이광호 씨는 인상을 쓰면서 물 한 모금을 삼켰다.

드러머 정승관 씨의 음악 인생 역시 드라마틱했다.

"난 고등학교를 중퇴하고 바로 밴드를 했어요. 나이트클럽에서 드럼을 치면서 음악에 대한 열정을 불태웠죠. 그땐 드럼 아니면 세상이 없었으니까. 부모님, 가족, 집 다 버리고 나와서 정말 눈물 젖은 빵을 먹으며 드럼을 쳤어요. 근데 이게 생활이 안 되는 거죠. 아이러니하게도 드럼 스틱을 내려놓은 결정적인 계기는 첫사랑이었어요. 정말 사랑했거든요. 근데 제가 고등학교도 졸업 못했다고 무시하는 거예요. 오기

아저씨, 록밴드를 결성하다

가 생기더군요. 바로 검정고시 보고 대입을 준비했어요. 피나게 공부했죠. 기적같이 연세대학교 국문학과에 합격하긴 했는데 등록금이 없는 거예요. 그때 제 생명과도 같던 5기통 드럼을 팔았어요. 세상에 태어나서 그날처럼 펑펑 울었던 날은 없었어요. 그때 결심했죠. 내가 다시는 드럼 스틱을 잡나 봐라. 대학에 가서도 밴드부나 이런 거 근처에도 안 갔어요. 가슴이 너무 아팠으니까. 얼마 전까지 정말 그렇게 음악하고는 담을 쌓고 살았죠."

다른 멤버들과 나이 차가 10년 정도 나는 막내 김기욱 씨의 경우는 달랐다. 처음부터 음악을 업으로 할 생각이 없었던 것은 그밖에 없는 듯했다.

"대학 밴드부 선배들이 전문 음악인으로 나서다 망하는 걸 많이 목격했기 때문에 음악으로 먹고 살아야겠다는 생각은 일찍 접었어요. 저희 때는 판을 내는 게 유행이다 싶을 정도로 주변에서 음반을 많이 냈거든요. 제 밴드부 동기들만 해도 저 빼고 다 음반을 냈으니까요. 1,000만 원이면 판을 낼 수 있었던 걸로 기억해요. 옆에서 보니까 이건 아니다 싶었죠. 그래서 제 꿈은 졸업하고 취직하는 거였어요. 음악에 대한 열정이 없었던 건 아니지만 제 길이 아니란 걸 빨리 깨달은 거죠."

# 40대,
# 넥타이 대신
# 기타를 매다

음악에 대한 열정으로 가득 찼던 이들의 20대를 상상하노라니 멤버들
얼굴 하나하나에 청년의 모습이 오버랩됐다. 이들이 싱그러웠던 젊은
시절에 음악을 할 수 있었다면 더 좋지 않았을까 하는 생각이 들자 안
타까운 마음과 함께 이제 와서야 음악을 하는 게 새삼 서럽지는 않은지
궁금했다.

"서럽다니요!"

멤버들은 동시에 손사래를 쳤다.

"아니, 나이 먹어서 음악 하는 게 왜 서러워요? 오히려 자랑스러
운걸요. 못 간 길을 다시 찾은 건데 한마디로 '해피'하죠. 그때가 서러
웠죠. 20대 때 5기통 드럼 팔아 치울 때. 제 젊은 날이 서글프고 서러웠
던 건 사실이에요. 하지만 지금 음악을 하는 건 행복해요."

정승관 씨는 질문 자체가 황당하다는 듯 놀란 눈을 했다. 곰곰이
생각하던 이광호 씨 역시 자신이 서러웠던 순간은 젊은 날 선택의 기로
에 놓였을 때 음악을 선택하지 못했던 그 순간이라고 회고했다.

**아저씨, 록밴드를 결성하다**

"음악을 그만두고 회사에 입사해 한창 일을 하고 있는데 함께 음악 하던 친구가 회사로 몇 번 찾아온 적이 있어요. 다시 음악을 하자고 설득하는 그 친구를 억지로 돌려보내고 퇴근 후에 혼자 소주잔을 기울였죠. 그땐 정말 눈물이 나더라고요. 전 이미 다 정리하고 회사에 들어왔는데 다시 음악을 할 순 없잖아요. 지금도 그때 생각이 많이 나요. 음악을 접어야 했던 그때, 정말 서럽긴 서러웠어요."

눈물로 악기를 내려놓았던 그들이 다시 밴드를 결성하게 된 데는 어떤 특별한 계기가 있었던 것은 아니었다. 그저 세월이 다시 그들을 음악 앞으로 불러들였을 뿐이다.

"40대를 넘어서니까 밥벌이가 어느 정도 안정되고, 가정도 원만하고, 내가 죽도록 전력투구해야 할 이유가 없어지는 거예요. 문득 저녁노을을 바라보면서 내 자신을 돌아보게 됐죠. 내 것이 없다는 생각, 우리 나이 때면 다 하는 고민이에요. 난 도대체 뭔가, 내가 뭘 했나 하는 생각이 들 때 어디선가 음악 생각이 불끈 솟았어요."(정승관)

마침 시기적으로도 직장인 밴드 붐이 일었고, 이들의 마음은 한곳으로 모였다. 업무에 시달리면서 생명력을 잃어 가던 그들의 삶에 활기가 생겼고 가족들에게 멋진 아빠와 남편으로 보이고 싶은 욕구도 생겼다. 다시는 악기를 잡지 않으리라 다짐하던 서러운 20대의 결심 역시 세월 앞에서 음악과 화해를 했다.

"제가 사업을 하는데, 일 생각을 잠시도 쉴 수가 없어요. 아주 서서히 미치는 거죠. 현대인에게는 스트레스 관리가 중요해요. 아무리 일

낭만은 죽지 않았다
다만 모른 체했을 뿐이다

"나이 먹어서 음악 하는 게 왜 서러워요?"

생각을 안 하려고 해도 안 할 수가 없는 상황이잖아요. 그런데 연주를 하다 보면 그런 스트레스가 확 사라져요. 제 생각인데 전 굉장히 장수할 거 같아요. 음악 하면 오래 살 것 같은 느낌이 들거든요. 엄청난 문제가 눈앞에 있어도 기타만 잡으면 다 잊게 돼요. 연주 하다 보면 해결책도 나오고요. 음악도 좋지만 그런 긍정적인 부수 효과도 무시할 수 없어요."(유병훈)

"국립중앙박물관에서 일을 하는데, 업무는 괜찮아요. 그렇게 스트레스 받는 일도 없었고요. 그런데 문득 다람쥐 쳇바퀴 돌아가듯 사는 인생에 회의가 드는 거예요. 공허함을 메우려고 취미도 여럿 가져 봤죠. 대금도 배우고 우표 수집도 해보고요. 그러다가 제가 젊은 시절에 음악을 했었다는 생각이 퍼뜩 드는 거예요. 인터넷을 검색해 바로 시월 산수에 들어왔죠. 물론 직장생활 하랴, 밴드 연습하랴 바쁜 건 사실이죠. 누가 알아주는 것도 아니고. 그래도 밴드를 할 때는 행복해요. 다음 날에는 바로 출근을 해야 하지만요. 다시 원점으로 돌아가죠. 그래도 일상에서 이 정도 일탈을 할 수 있다는 것 자체만으로도 행운이라고 생각해요."(이충열)

# 〈스틸 러빙 유〉
# 밴드 최고의 순간

시월산수에게는 2008년이 잊지 못할 해다. SBS에서 주최한 '직장인 밴드 페스티벌'에서 최우수상을 거머쥐었고 《매일경제신문》에서 주최한 '낙락장송 직장인 밴드 콘테스트'에서는 본선에 올랐다. 그들은 2만여 명의 관객이 운집한 대형 무대에서 자신들의 끼를 아낌없이 발휘했다. 2007년에 시월산수가 결성된 것과 그간 이들이 악기를 내려놓았었다는 점에서 괄목할 만한 성과다.

하지만 너무 가파른 오름세 끝에는 공허감이 있기 마련이다. 스포트라이트를 한 몸에 받던 이들이 공연 후 텅 빈 객석을 바라보는 심정은 어떨까.

"전날 몇 만 명의 관객 앞에서 노래를 했건 어떤 상을 탔건 간에 그 다음 날에는 넥타이를 매고 어김없이 출근을 해야 하죠. 후유증이 있는 것도 사실이에요. 하지만 감히 밴드를 하면서 가장 행복했던 순간을 꼽으라면, 최우수상은 '시월산수'라고 이름이 불렸을 때죠. 가슴이 벅차서 눈물도 찔끔 났고요. 만날 밴드 때문에 늦게 들어온다고 타박만

# "와이프가 질투한다니까요. 너희들 지금 연애하는 거냐고 말이죠."

들었는데 처음으로 아내가 칭찬을 해줬어요. 아이들한테는 아빠가 이런 사람이란 걸 보여 줄 수 있어서 기뻤고요."(정승관)

멤버 대부분이 밴드 생활 최고의 순간을 콘테스트에서 상을 받던 때로 기억했지만 이광호 씨는 달랐다.

"전 사실 그런 콘테스트에 나가는 걸 반대했어요. 괜히 바람만 들고, 큰 행사 후에 공허감이 더 큰 게 사실이니까요. 지금도 후유증을 앓고 있고요. 거기서 상을 받는다고 우리가 프로로 데뷔할 것도 아니잖아

낭만은 죽지 않았다
다만 모른 체했을 뿐이다

요. 제가 밴드를 하면서 최고의 순간이란 생각이 들었던 때는 '낙락장송' 예선 때였어요. 〈스틸 러빙 유(Still Loving You)〉라는 노래를 불렀는데 전혀 예상치 못한 일이 벌어졌죠. 관객이라곤 예선 경쟁자들뿐인데 노래가 끝나자 모두 기립박수를 치면서 난리가 난 거예요. 이땐 정말 대퇴골에서 올라오는 짜릿한 흥분을 느꼈어요. 경쟁자들임에도 저희를 인정했다는 거잖아요. 그땐 저도 참 기분이 좋았죠. 저한텐 특별히 최고의 순간이 있다기보다는 기타를 들고 집을 나서는 하루하루가 행복이에요."

이광호 씨의 말에 멤버들은 "맞아 맞아."를 연발하며 그날의 기억을 떠올렸다. 사실 시월산수에게 최고의 행복이란 멤버들의 존재 그 자체다. 2년 동안 합주를 하다 보니 고향 친구보다 살갑고 형제보다 우애가 좋아졌다. 이제 밴드 없는 삶은 생각할 수 없을 정도로 서로에게 중독됐다.

"와이프가 질투한다니까요. 너희들 지금 연애하는 거냐고 말이죠. 세상없어도 이 사람들이 부르면 무조건 나가니까. 정말 질투하는 거 같아요. 그만큼 이 만남이 좋아요."(유병훈)

아저씨, 록밴드를 결성하다

# 늦바람 난
# 뮤지션의 가족들

시월산수의 리더이자 키보드를 맡고 있는 원태연 씨가 뒤늦게 자리에 합류했다. 그에겐 공연 시작 불과 몇 분 전, 헐레벌떡 뛰어온 이유가 있었다. 아들의 입대가 바로 내일이라는 것. 왜 이렇게 늦었냐며 타박하던 멤버들도 깜짝 놀란 눈치다.

"아들이 군대 간다는 건 알았는데 내일 가는 줄은 몰랐어요. 그렇게 정신없이 살아요. 아들이 군대 간다고 다 같이 저녁을 먹는다는데 안 갈 수는 없고, 그렇다고 공연도 안 할 수도 없고요. 할 수 없이 저녁 먹다 말고 뛰어왔죠."

음악이 좋아 밴드가 좋아 공연장으로 뛰어오긴 했지만 마음이 씁쓸한 모양이다. 가족끼리의 중요한 저녁 식사를 물리고 공연할 용기가 어디서 나오는 걸까 궁금해졌다.

"어떤 면에서 본다면 이기적이라고도 할 수 있죠. 하지만 가족에게 그만큼 더 잘하려고 노력해요. 지난번 '직장인 밴드 페스티벌'에서 상금으로 500만 원을 탔는데요. 와이프들한테 30만 원씩 '드렸어요.'

낭만은 죽지 않았다
다만 모른 체했을 뿐이다

속 썩여서 죄송하단 의미로 말이죠. 예전에는 가족들만을 위한 공연 이벤트도 하고 그랬는데 정작 공연을 헌사 받는 아내들이 별로 안 좋아하더라고요. 도대체 몇 곡이나 남은 거냐고 시계만 보고 해서 이번에는 돈으로 대신했죠."(정승관)

매스컴을 탄 뒤 종종 공연 요청이 들어온다. 하지만 사례비가 주어지는 경우는 거의 없다. 롯데월드 공연장에서 공연을 하는 대신 자유이용권이 주어지고, 콘도나 리조트에서 공연을 하면 콘도 이용권이 들어온다. 이런 이용권은 자동으로 가족들에게 돌아간다. 이렇게 돌아다니다 보니 본의 아니게 아내들끼리도 친분을 쌓게 되었고 자연스럽게 남편 흉을 보게 되었다.

"'그 집 바깥양반은 2시에 들어왔어? 우리 남편은 4시에 들어왔는데 그럼 그 시간에 뭘 한 거지?' '시월산수의 '시' 자도 듣기 싫다.'는 등의 얘기가 오가면 진땀이 흘러요. 뭐, 아내들도 그런 재미에 시월산수 회식 자리에 참여하는 거죠."

하지만 가족이 이들의 밴드 활동을 이해하지 못하는 것은 아니다. 유병훈 씨의 아들 유웅렬 씨는 이미 앨범 한 장을 낸 뮤지션이기도 하다. 집에서 아버지가 매일 기타 치는 모습을 보고 자란 그가 처음 음악을 하겠다고 했을 때 고민이 없었던 것은 아니지만 유병훈 씨는 아들이 좋아하는 일을 밀어 주기로 했다며 호탕하게 웃는다.

"아들한테 섭섭한 건 이제 나랑 놀아 주질 않는다는 거예요. 어렸을 때만 해도 나랑 기타 치는 게 세상에서 제일 행복하다던 녀석인데,

이제 아빠하고는 상대를 안 하거든요. 매달 홍대에서 공연을 하는데 자랑스럽기도 하고 걱정되기도 하고 그래요. 그래도 뭐 밀어 줘야죠. 내가 하지 못한 일에 대한 미련도 남고, 또 세상에서 제일 중요한 게 자기가 좋아하는 일로 밥 벌어 먹고 사는 거잖아요. 거쳐야 하는 일이라고 생각하고 마음으로 응원하고 있어요.”

# 대퇴골에서 올라오는 짜릿한 흥분… 인생의 라스트 하이라이트

# 인생의 라스트 하이라이트, 무대

무대 위에 오른 시월산수는 음악에 취해 날아다녔다. 원래 한 시간이 예정됐던 이들의 공연은 두 시간 동안 진행됐고, '앙코르' 소리도 꺼지지 않았다. 카페에 앉아 있던 손님들은 자리를 뜰 줄 몰랐고 20대 50대 할 것 없이 자리에서 일어나 소리를 지르고 춤을 췄다.

사실 이들이 실제로 무대에 오르기 전까진 시월산수의 진가를 몰랐다. 회사 부장님 정도의 외모에, 말투에, 옷차림에, 모든 것이 평범해 보일 정도였다. 하지만 무대 위 시월산수의 모습은 그들과 같은 테이블에 앉아 있었다는 사실 자체를 자랑스럽게 만들어 줄 정도로 훌륭했다. 이들이 인터뷰에서 말하던 '살아 있음에 대한 희열'이 전이되는 기분까지 들었다. 에너지 넘치는 이들에게 중년이라는 말은 어울리지 않았다.

즐거운 낯빛으로 상기된 이들에게 시월산수의 바람을 물었다.

"저희들의 바람이요? 여자 보컬이 들어오는 거예요. 40대 50대 여성 보컬도 좋지만 보컬만큼은 젊은 여성이 들어왔으면 좋겠어요. 하하!"

라이브 카페는 이들의 젊음으로 늦은 밤까지 들썩였다.

눈물로 악기를 내려놓았던 그들이
다시 밴드를 결성하게 된 데는
어떤 특별한 계기가
있었던 것은 아니었다.
그저 세월이 그들을 다시
음악 앞으로 불러들였을 뿐이다.

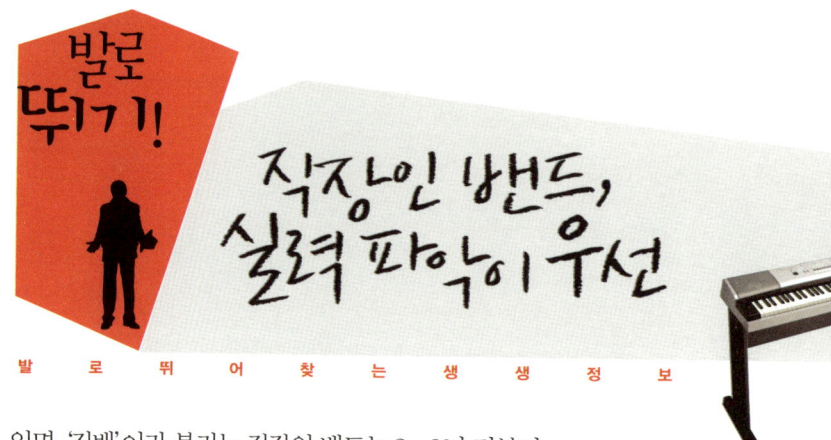

일명 '직밴'이라 불리는 직장인 밴드는 2~3년 전부터
70~80년대 음악들이 다시 붐을 일으키면서 **새로운 문화 코드**로 자리 잡았다.
바쁜 일과 중에 시간을 쪼개, 뜻이 맞는 사람들끼리 아마추어 그룹을 결성해
여가를 즐기자는 취지지만 음반을 낸 그룹도 있고,
각종 페스티벌에 참가하는 등 수준급 밴드가 많다.
전국의 '직장인 밴드'로 활동하고 있는 밴드는 자그마치 2,000여 개나 되고,
또한 밴드가 돈을 내고 일정 시간 연습할 수 있는 합주실이 서울에만도 200군데가 넘는다.
집계에 포함되지 않은 비공개 밴드까지 합하면 그 수는 기하급수적으로 늘어난다.
직장인 밴드를 소재로 한 영화 〈브라보 마이 라이프〉와 〈즐거운 인생〉의 모티브가 된
밴드는 따로 있다. 밴드 이름이 '갑근세 밴드'인데 직장인 밴드 사이에서 가장 유명하다.
매스컴도 많이 탔고 회원 수도 많은 편이다. 하지만 유명세가 모든 것을 말해 주지 않듯
자신에게 잘 맞는 밴드를 찾는 것이 중요하다.

## 직장인 밴드는 멤버가 되는 데 큰 제약이 없는 편이다.

하지만 아마추어 직장인 밴드들의 이력을 살펴보면 가요제 출신이 많을 정도로
대학 때 한 가닥 했던 준 프로급 실력파가 많다.
그렇기 때문에 유령 멤버가 되지 않으려면 우선 자신의 실력을 파악하는 것이 중요하다.
실력이 어느 정도 수준이 된다고 생각한다면 인터넷 검색을 통해 밴드를 찾는 것이 좋다.
이때 감안해야 할 것은 직장인 밴드의 근거지가 어디냐는 것이다.
연습실이 먼 곳에 있다면 과감히 포기해야 한다. 가까운 곳에 있어야 자주 참여할 수 있고,
중간에 포기하게 되는 일이 없기 때문이다.

만들어진 밴드에 들어가는 것이 내키지 않는다면 스스로 만드는 방법이 있다.
회사 동료들 중 왕년에 음악 했던 사람들을 모아 동호회를 만들고,
회사의 지원까지 받는다면 금상첨화다.
회사에서 멤버를 찾을 수 없다면 '시월산수'처럼 대학 동아리 선후배들을 규합해
다시 밴드를 결성하는 방법도 있다. 예전의 호흡을 찾을 수도 있고 추억에 잠길 수도 있어
젊음을 되찾는 데 큰 도움이 된다.
직장인 밴드를 결성했다고 하더라도 목적이 불분명하다면 금방 와해될 가능성이 높다.

**밴드의 생명은 바로 무대.** 정기적으로 무대에 설 수 있는 기회가 있다면
밴드의 지속력과 결속력을 높이겠지만 뚜렷한 기회가 없다면 밴드의 존속은 불가능하다.
처음부터 욕심을 내고 밴드 활동을 하기보다는 단기 밴드로 시작해 멤버 수와 실력을
점차 늘려 나가며 활동하는 것이 큰 어려움 없이 취미생활을 할 수 있는 방법이다.
언론사와 기업들이 앞 다투어 직장인 밴드 콘테스트를 열고 있으니 이를 준비한
단기 프로젝트 밴드를 결성하는 것도 후유증 없이 밴드를
결성할 수 있는 방법이다. 연습할 곳이 마땅치 않다면
인터넷을 통해 합주실을 찾는 것이 좋다.
곳곳에 숨겨져 있는 밴드 연습실을
확보할 수 있다.

영화 《즐거운 인생》 포스터 / 사진제공 : ㈜영화사아침

# 나의 버킷 리스트는
# 두 바퀴로 달린다

## 이재갑(1955년생)
- 현 MBC 편성본부장

# 나를 살린
# 두 개의 페달

"솔직한 말로 자전거나 마라톤 좋아하는 사람들은 마조히스트들이에요. 고통을 즐기는 사람들이거든요. 그렇다고 제가 정신병자냐고요? 그건 아니죠. 인간의 한계, 육체적 한계를 즐긴다는 점이 피학적인 측면이 있다는 거죠. 긍정적인 도전이라고 생각해요."

10년 전 회사에서 근로자의날 기념으로 준 자전거로 시작해 이제는 자전거 유럽 여행을 떠날 정도로 자전거 마니아가 된 이재갑 MBC 편성본부장의 말이다. 드라마 PD 출신인 그는 방송계에서 알아주는 자전거 마니아다.

지난 10년간 신사동 집에서 여의도를 자전거로 출퇴근했다니 말 다 했다. 최근 임원으로 승진해 어쩔 수 없이 회사 차를 타야 하는데, 그전까진 한강 둔치 길 안개를 헤치며 새벽같이 출근을 한다. 회사에서 샤워를 하고 일과를 시작하면 그렇게 상쾌할 수 없다며 짓는 그의 미소는 무척 건강했다. 생사의 갈림길에서 자전거 운전대를 잡았다는 그의 말이 믿기지 않을 정도였다.

"처음에요? 죽지 않으려고 자전거를 탔죠. 제가 자전거를 처음 만난 게 IMF 때였거든요. 드라마 연출을 하고 있었는데 시청률이 안 나오는 거예요. 경제가 어렵다 보니 광고가 안 붙고, 광고가 안 붙으니 입안이 바짝바짝 마르더군요. 정말 죽고 싶었어요. 이 스트레스 안 받아 본 사람은 몰라요. 이러다 자살할 수도 있겠다는 생각이 언뜻 머리를 스쳐 지나가더군요."

원하는 방송국에 입사해 드라마 PD가 됐지만 현실은 그리 간단하지 않았다. 죽도록 열심히 일해도 늘 결과로만 평가받아야 했다. 만성적인 시청률 스트레스는 상상을 초월했고 긍정적이던 성격은 우울하게 변했다. 직장생활을 이렇게 해서는 안 되겠다는 생각이 들던 그때 우연치 않게 자전거를 만나게 됐다.

"회사에서 노동절이라고 자전거를 주더라고요. 처음에는 아까운 마음에 타고 다녔는데 이게 제 삶을 바꿨어요. 지금 생각해 보니 회사에서 저 죽지 말라고 자전거를 나눠 준 거였네요."

아저씨, 록밴드를 결성하다

"죽지 않으려고 자전거를 탔죠.
제가 자전거를
처음 만난 게 IMF 때였거든요."

# 버킷 리스트,
# 죽기 전에
# 꼭 해보고 싶은 것들

당시를 회상하며 "정말 힘들었다."고 고개를 젓는 이재갑 씨는 나이보다 훨씬 젊어 보였다. 컴퓨터 대기화면에는 2007년 자전거 유럽 여행을 떠났을 때 찍은 사진이 자리하고 있었다. 쏟아지는 햇살 속에서 두건, 스포츠 선글라스를 쓰고 환하게 웃고 있는 모습이 청년처럼 싱그러웠다. 여의도 고층건물에 자리한 엄숙하고 커다란 임원실의 분위기와 전혀 어울리지 않는 그림이었다.

"아까 자전거 타는 사람은 마조히스트라고 했죠. 산악자전거(MTB)는 산을 오르는 거잖아요. 정상까지 가다 보면 턱까지 숨이 차오른다고요. 헐떡거리면서도 내가 어디까지 갈 수 있나 시험해 보는 거죠. 그 쾌감, 경험 안 해보면 몰라요."

'지리산 종주'가 산을 얼마나 좋아하는지를 판가름하는 기준이라면 자전거는 '속초 완주'다. 자전거를 타고 속초를 가봤다고 하면 자전거 마니아로 인정받을 수 있다. 골수 마니아의 꿈은 자전거로 유럽 여행을 떠나는 것. 해외에 자전거를 들고 나간다는 것 자체가 대단한 일

아저씨, 록밴드를 결성하다

이기 때문이다. 이 일을 해냈다는 자부심 때문인지 유럽 여행 사진을 보여 주는 이재갑 씨의 얼굴에는 환한 웃음이 번졌다.

드라마가 끝난 뒤 받은 달콤한 휴가. 그는 이 휴가를 통째로 자전 거에 바쳤다. 무려 한 달 동안 독일, 오스트리아, 체코 3개국을 혼자 돌아다닌 것. 혼자 다니다 보니 사진 역시 '타이머'로 찍은 것이 대부분이다. 하루 여비는 캠핑장 대여비 만 원과 식대비 만 원, 한 달간 60만 원밖에 안 들었다. 자전거에 텐트를 싣고 쉬엄쉬엄 두 바퀴로 보는 세상을 원 없이 즐긴 것이다.

"죽기 전에 꼭 해보고 싶은 것을 적은 게 '버킷 리스트'라고 하잖아요. 전 제 버킷 리스트 최우선 순위에 있던 걸 2007년에 해냈어요. 여행 기간 내내 '내가 꿈을 실현하고 있다.'는 행복감에 이루 말할 수 없이 기뻤죠. 버킷 리스트는 나를 지탱해 주는 삶의 희망이었어요. 누구나 죽기 전에 이것만은 꼭 해보고 싶다는 게 있잖아요. 그걸 이루니 정말 기분이 좋았던 거죠."

이재갑 씨는 두 바퀴로 보는 세상을 통해 느림의 미학을 배웠단다. 유럽 시골 할아버지와 사과를 나눠 먹고 인심 좋은 할머니들에게 바게트를 얻어 먹으면서 그는 유럽의 속살을 느끼고 왔다. 자동차로 여행을 했다면 결코 느낄 수 없는 진짜 유럽을 알고 온 셈이다.

"가족들이요? 당연히 싫어하죠. 제가 생각해도 이기적이에요. 한 달 동안 가장이 집을 비우고 자전거 유럽 여행을 혼다 다녀오다니. 그래도 뭐 어쩌겠어요. 너무 좋은걸. 그냥 아버지가 평생 해보고 싶었던 걸 하고 왔다고 당당하게 말했어요. 와이프가 눈을 흘기는 건 어쩔 수 없죠, 뭐."

　　잔디밭에서 자전거와 함께 하이델베르크 성을 바라보던 그 순간이 평생 뇌리에서 잊히지 않을 것 같다는 그는 너무나 행복한 미소를 지었다.

## My Bucket List 1
### : 자전거 유럽 여행, 2007년 완료!

# 애써 나를 지우던 중년은 이기적일 자격 있다

"FM 라디오로 비틀즈 음악을 듣고 자란 전후 세대 50대는 그래도 행복한 세대 아닌가요. 먹고살기 바빴던 60대, 70대, 저희 바로 윗세대를 봐요. 솔직히 1,000만 원짜리 자전거? 그분들한테는 사치죠. 하지만 저 정말 열심히 살았어요. 이 정도 사치는 할 수 있다고 생각해요. 이래서 이기적일 수 있는 50대는 행복할 수 있다고 말하고 싶어요."

1,000만 원대 자전거와 200만 원대 자전거 두 대를 보유하고 있다고 수줍게 웃는 그는 50대 동료들에게 "행복해지려면 이기적이 돼라."고 충고한다.

"아내가 만날 자전거만 닦으니까 아예 끼고 살라고 한마디 하지만 좋은 걸 어떡해요. 제 사는 낙인걸요."

20대 후반 직장을 갖고 결혼을 했다. 애가 생겼고 가족을 위해 열심히 일했다. 15년 정도 그렇게 일하고 나니 어느새 머리숱은 없어지고 배는 늘어져 있다. 문득 돌아보니 나이는 40줄이 찼고, '나'는 어디에도 없었다. 이재갑 씨는 대한민국 남성의 삶을 '애써 나를 지우는 삶'이라고 정의했다.

"30대에도 이런 생각이 들긴 해요. 내가 지금 뭐 하고 있는 건가. 소모품으로 살면서 내가 가진 능력을 점차 소진하는 느낌이 들어요. 하지만 어쩔 수 없잖아요. 가장이니까. 애들이 막 자라고 돈 들어갈 곳은 많고. 애써 나를 지우는 거죠. '나는 없다. 나는 없다.' 주문을 외우는 거예요. 그러다 어느 순간 고비가 찾아오는 거죠."

취미가 그 고비를 넘길 수 있는 대안이다. 그림, 색소폰, 음악, 자전거 등 여러 취미가 있다. 그 취미는 40대의 상실감과 허탈감을 충전해 줄 에너지가 된다. 취미를 통해 존재감을 찾게 되고, 결국 취미는 '내가 속해 있는 회사와 내가 사랑하는 일', '내 가족', '나' 이 세 개를 삼위일체 시켜 줄 매개가 된다.

"자전거를 타고 있으면 내가 존재한다는 게 느껴져요. 끊임없이 나의 존재를 확인하는 작업이라고 할까요. 어쩌면 그 순간 현실세계로부터 도피하는 걸지도 몰라요. 자유로움을 느끼는 거죠. 결코 도피되지 않는 곳으로부터 잠깐 떨어져 있는 느낌. 그게 좋아요."

아저씨, 록밴드를 결성하다

대한민국 남자들의
삶은 애써 나를 지우는 삶,
행복하려면
이기적이 돼라!

# 자전거에서
# 죽으면
# 행복하겠죠

그는 요즘 틈이 날 때마다 자전거 미국 대륙 횡단을 위한 사전 준비를 하고 있다. 한 달의 휴가로는 마칠 수 없는 여정이기에 먼 훗날로 미뤄 놓은 꿈이지만 결코 놓칠 수 없다. 꼬박 두 달이 걸리는 여정이지만 죽기 전에 해봐야 할 일 중 하나다.

"지금은 회사에 묶여 있으니까 갈 수가 없죠. 하지만 퇴직 후 제 삶에서 자전거가 차지하는 비율은 무척 클 거 같아요. 사실 2007년에 자전거로 미국 대륙 횡단을 하고 싶었는데 휴가가 너무 짧아서 유럽으로 다녀왔거든요. 자유로워지면 원 없이 자전거 여행을 다닐 거예요."

땅을 직접 밟고 지나간다는 것을 '정복'이라고 생각한다는 그는 미국 대륙을 '정복해 보고 싶다.' 고구려의 후예 고선재 장군이 파키스탄, 페르시아까지 점령한 것처럼 말이다. 남들이 알 건 모르건 간에 그가 두 바퀴 자전거로 밟은 땅은 그의 것이다.

"언제까지 자전거를 탈 거 같으냐고요? 죽을 때까지 탈 거예요. 자전거에서 죽으면 행복하겠죠."

"자전거를 타고 있으면
내가 존재한다는 게 느껴져요.
끊임없이 나의 존재를
확인하는 작업이라고 할까요.
자유로움을 느끼는 거죠."

언제까지
자전거를 탈 거 같으냐고요?
죽을 때까지 탈 거예요.
자전거에서
죽으면 행복하겠죠.

# 자전거의 시작은 동호회에서

발 로 뛰 어 찾 는 생 생 정 보

**따뜻한 봄이 되면 흔히 볼 수 있는 풍경** 중의 하나가 자전거 떼의 출몰이다.
한강이나 탄천을 중심으로 활동하던 자전거 동호회였지만 이제 그 인기를 더해 가면서
자동차 도로를 점거할 지경에 이르렀다. 최근에 자전거 붐이 일어 자전거 인구가
훌쩍 늘어난 것도 이런 풍경을 자주 볼 수 있게 하는 이유다.
자전거 동호회에 드는 것은 어렵지 않다. 조기 축구회만큼 많은 자전거 동호회 수 때문이다.
비교적 오랜 시간 동안 잘 조직돼 온 자전거 동호회는 지역 지부와 동호회 간에
연계를 할 정도로 성숙된 문화를 가진 곳이 많다.

**자전거의 시작은 처음부터 동호회를 통해** 하는 것이 좋다. 자전거 구입도 마찬가지다.
적게는 몇 십만 원에서 많게는 몇 천만 원을 호가하는 자전거이다 보니 구입할 때
전문가나 자전거 경험이 많은 사람에게 조언을 듣고 구입하는 것이 좋다.
자전거를 구입했다면 본격적으로 자전거 동호회에 가입
해 활동한다. 체계적인 동호회에서는
초급, 중급, 고급으로 나눠
자전거 라이딩 코스를 잡기 때문에
초보라고 해서 겁먹을 필요가 없다.
상급자 레벨이 되면 동호회를 통해 팀을 짜 지
리산 종주나 해외 원정 라이딩을 계획하게 된
다. 자전거 전문 월간 잡지를 통해
자전거 동호회나 새로운 라이딩 코스 등의 정보
를 얻는 것도 좋은 방법이다.

# 연극이 끝났다면
# 색소폰을 불어라

김병량 교수(1955년생)
● 현 녹색소비자연대 공동대표, 단국대학교 도시계획 및 부동산학부 교수

# 색소폰을
# 품에 안은
# 사람들

경기도 분당구 정자동 주택가의 한 상가 지하에서 밤마다 색소폰 소리
가 울려 퍼진다. '분당 색소폰 클럽' 소속의 회원들이 저마다 반주기
를 틀어 놓고 연주 삼매경에 빠졌다. 흰머리가 성성한 70대 노인부터
30대 장년들까지 구슬땀을 흘리며 실력 향상에 매진하고 있다. 멜로디
에 맞춰 허리를 제치고 구부리는 그들은 저마다 음악 이데아를 찾아 헤
매고 있다.

이들의 열정은 강남 재즈 아카데미나 실용음악 학원에서 미래의
음악가를 꿈꾸며 맹연습 하는 10대 소년들의 그것에도 뒤지지 않아 보
였다. '율동공원 정기음악회'가 코앞으로 다가왔기 때문이다.

밤 11시. 합주 연주가 끝났는데도 연세 지긋한 어르신들은 색소폰
을 품에 안고 자리를 떠날 줄 몰랐다. 율동공원 정기음악회를 앞두고
회의가 벌어졌기 때문이다. "이번에는 비가 오지 않아야 할 텐데." "가
사를 띄울 빔 프로젝터를 빨리 고쳐야 하는데." "의자 200개를 조달해
야 하는데." 등등 연주회를 앞두고 나눠야 할 이야기들이 한두 가지가

낭만은 죽지 않았다
다만 모른 체했을 뿐이다

아니기 때문이다.

대기업 CEO, 대학교수, 한의사, 사업가, 선생님, 퇴역 장군 등 사회적으로 명망 있는 직업과 지긋한 나이에도 불구하고 회의 분위기는 초등학교 학급회의를 연상케 했다. 몇 천 억 단위의 예산을 사인 하나로 집행하는 사장님들도 동호회 회비 10만 원에 옥신각신 의견이 분분했고, 대학 교수님들도 시에서 문화비로 나오는 지원비 삭감 소식에 얼굴이 붉으락푸르락했다. 한마디로 직업이나 나이에 상관없이 그들은 색소폰으로 하나가 되어 있는 것이었다.

회의는 자정에 가까워 끝났지만 사람들은 쉽사리 자리를 뜨지 못했다. 퇴근이 늦어 방금 도착한 사람도 있었다. 그들은 다시 개인 연습장으로 흩어져 자신만의 음악 세계에 빠질 준비를 했다. 물론 삼삼오오 모여 당구 한판을 치러 나서는 사람들도 있었다.

아저씨, 록밴드를 결성하다

# 실업고가 부러웠던
# 명문고 학생

"이런 색소폰 동호회가 분당에만 10개가 넘어요. 4년 전만해도 2~3개밖에 안 됐는데 제가 봤을 때는 '붐'이라고 할 수 있을 정도로 색소폰 동호회가 많아졌어요."

동그란 안경이 인상적인 김병량 교수는 이곳에 들어온 지 4년이 넘은 고참 회원이면서 이 클럽 회장이다. 단국대학교 도시계획 및 부동산학부 교수로 학생들을 가르치고 녹색소비자연대 공동대표 직함을 가지고 있다. 그 두 가지 직함도 언뜻 보면 연관성을 찾기 힘들지만 색소폰 역시 그의 직함들과는 공통점을 찾기 어렵다.

"왜요, 도시계획도 예술성이 얼마나 필요한데요. 물론 제가 일찍 음악에 눈을 떴더라면 음악가가 됐을 거란 생각이 들어요. 안타깝죠. 조금만 빨리 악기를 잡았더라면 하는 아쉬움이 있어요."

어려서부터 음악을 하고 싶었지만 환경이 받쳐 주지 못했다. 지방 명문인 전주고등학교 출신인 그는 자신이 서울에서 어린 시절을 보냈더라면 틀림없이 음악가가 됐을 거라며 아쉬워했다.

"고등학교 때 밴드부에 들어가 음악에 대한 꿈을 키우려고 했어요. 공부만 하는 모범생보다는 멋을 좀 아는, 뭔가 있어 보이는 학생이고 싶었거든요. 하지만 고등학교 밴드부는 허울 좋은 이름뿐이었고 교련 시간 행진 반주 때문에 명맥을 유지하는 곳이었죠. 입부하자마자 색소폰을 불고 싶다고 해서 엄청 혼났던 기억이 나요. 학교 분위기가 공부만 하는 모범생들 집합소 같았거든요. 밴드부라고 하면 '날라리'라고 낙인찍혔죠. 연습도 특별활동 시간에만 해서 외부에서 연주를 한다든가 공연을 한다든가 그런 건 상상도 못했어요. 밴드부가 맘껏 연습할 수 있도록 도와주는 실업계 고등학교가 부러울 정도였다니까요."

어려서부터
음악을 하고 싶었지만
환경이 받쳐 주지 못했다.
지방 명문인
전주고등학교 출신인 그는
자신이 서울에서
어린 시절을 보냈더라면
틀림없이 음악가가
됐을 거라며 아쉬워했다.

고등학교 때 못다 키운
음악에 대한 꿈을
군 복무 중에라도 키워 보고 싶었지만…

# 내 열정을 도와준
# 동사무소

김병량 씨가 처음 색소폰을 구입한 것은 2001년. 운명 같은 색소폰과의 인연은 재밌게도 동사무소에서 시작됐다. 일본 유학 생활 후 교수가 되기까지 목표만을 향해 달려가며 바쁘게 살아온 그였지만 음악에 대한 관심을 끊어 본 적이 없다. 지하철을 타고 가다가도 색소폰 연주 학원 간판만 보이면 고개가 돌아갔고 신문에 끼워 오는 광고 전단지 속 색소폰만 봐도 가슴이 설렜다. 어쩌다 악기 가게 옆을 지나게 되면 눈도장이라도 꼭 찍고 가격 확인이라도 해야 속이 시원했다.

10년 동안 늘 마음에만 담아 놓은 그 음악에 대한 열정을 터뜨리게 도와준 것은 바로 동사무소.

"우리 집 바로 옆이 동사무손데 어느 날 취미반에서 색소폰을 가르쳐 준다고 전단지가 온 거예요. '옳다구나!' 했죠. 덜컥 색소폰을 구입하고 일주일에 한 번씩 동사무소에 가서 색소폰을 배웠어요. 그런데 이게 쉽지 않더라고요. 한 번 놓치면 일주일이 그냥 지나고, 연습할 데가 없으니까 실력은 안 늘고, 진도도 못 나가 재미가 없는 거죠. 그래서 그만둬 버렸어요."

영화 〈쉘 위 댄스〉처럼 극적인 전개는 없었다. 색소폰을 훌륭히 가르쳐 주는 예쁜 여자 선생님도 없었고 색소폰 대회 출전을 위해 구슬땀을 흘려야 하는 일도 없었다. 하지만 가장 큰 성과는 악기를 샀다는 것.

"악기가 집에 걸려 있으니까 볼 때마다 '아이고, 저거 해야 하는데…….' 하고 한숨이 나오는 거예요. 이젠 악기를 샀으니 아까워서라도 해야 되는 거죠. 그렇게 강남에 있는 학원에 다시 등록하고, 그곳에 발붙이는 거 또 실패하고, 직장에서 배워 봐야겠다 싶어서 음대생을 불러 본격적으로 배우기 시작했죠. 그렇게 개인 레슨으로 기초 배우고 좀 재미 붙을 만하니까 아, 이 학생이 군대를 가는 거예요. 미칠 노릇이죠."

혼자 연습할 곳을 찾아 분당 외곽 지역과 공사판 등을 전전하는 날들이 계속됐다. 기초 실력으로는 집이나 사람이 있는 곳에서 연습하면 민폐가 되기 때문이었다.

"밤마다 혼자 차를 끌고 사람 없을 만한 곳을 찾는 거예요. 공사장 같이 어둡고 사람 없는, 그러니까 한마디로 '우범 지대'를 찾는 거죠. 차를 세워 놓고 혼자 차 안에서 실내등 켜놓고 연습했어요. 퇴근해서 집에 들어가기 전 매일 30분은 그렇게 차 안에서 연습했습니다. 그렇게 실력을 쌓고 있는데 마침 색소폰 동호회 붐이 인 거죠."

# 핑계는
# 인생을
# 책임지지 않는다

김병량 교수는 인터뷰 내내 자신이 왜 좀 더 빨리 음악을 시작하지 않았는지 후회하는 기색을 자주 보였다. 늘 음악에 관심이 있었지만 막상 시작하려고 할 때마다 핑계거리가 생겼다. 학창 시절에는 좋은 대학에 가야 한다는 강박관념이 발을 잡았고 20대에는 미래에 대한 두려움 때문에 감히 새로운 시도를 할 수가 없었다. 30대 유학 생활 시절에는 가족을 부양하면서 공부해야 하는 자신에게 악기는 엄두도 나지 않는 물건이었다. 40대가 돼 삶의 목표를 어느 정도 이루고 여유가 생긴 후에도 핑계는 계속해서 생겼다.

"색소폰을 본격적으로 시작한 지난 3년간이 제 인생에서 가장 바쁜 시기였다고 단언할 수 있습니다. 대학원 원장에, 녹색소비자연대 공동대표에, 나라에서 하는 도시개발 프로젝트도 맡고 있었습니다. '그럼에도' 전 색소폰을 시작했고 제 인생이 음악으로 새롭게 열리는 걸 경험했습니다. 자정을 넘겨 새벽에 퇴근해 깜깜한 동호회 연습실 불을 켜고 색소폰 연주를 했지요. 일 때문에 우울한 날에는 우울한 음악을

아저씨, 록밴드를 결성하다

연주하고 기쁜 날에는 기쁜 음악을 연주했어요. 수많은 골치 아픈 일들이 절 괴롭힐 때 색소폰을 잡고 반주를 시작하면 거짓말처럼 잡념이 사라졌어요. 모든 걸 잊게 만들죠. 그 힘든 시기를 극복하는데 색소폰이 큰 역할을 했어요. 지금도 많은 사람들이 제 30대 40대 때처럼 핑계를 대고 있을 거예요. 자식들 뒷바라지에 아파트 중도금도 갚아야죠. 회사 야근도 해야죠. 모두들 쉽지 않은 상황이겠죠. 하지만 그때가 바로 시작할 때에요."

김병량 교수는 요즘 배울 것이 너무 많다. 'b(플랫, 내림표)'과 '#(샤프, 올림표)'가 7개씩 붙은 악보를 보고 있자면 한숨이 저절로 나오기 때문이다. 30대에 음악을 시작했더라면 지금의 자신보다 훨씬 더 좋은 연주를 할 수 있었을 텐데, 하는 후회가 남는다. 동호회에서 30대 후배들이 색소폰을 열정적으로 부는 모습을 보면 흐뭇하면서도 부럽다는 생각이 마음 한편에 생기는 이유다.

악기가 집에
걸려 있으니까
볼 때마다
'아이고, 저거 해야 하는데……'

# 빤짝이 의상에
# 체인을 달고
# 색소폰 부는 교수님

김병량 교수의 외모는 또래보다 훨씬 어려 보였다. 대학교 3학년인 딸과 고등학교 3학년인 아들이 있다는 것이 믿기지 않을 정도다. 색소폰 연습실에서 새벽까지 있는 아버지를 가족들은 어떻게 생각하는지 궁금했다.

"대찬성이에요. 딸이 제 무대 의상을 코디해 줄 정도니까요. 공연이 있다고 하면 딸이 동대문에 가서 반짝이 의상과 각종 소품들을 사와요. 록밴드 멤버나 가수 빅뱅이 바지에 달고 다니는 체인 있죠. 그거 저도 있어요. 그걸 해야 멋이 난다나요. 애들이나 애 엄마나 지나가면서 특이한 의상이 있으면 무조건 사와요. 한번은 꽁지머리를 하고 싶다고 하니까 애 엄마가 미장원에 가서 꽁지머리 가발을 사왔다니까요. 가족 모두가 제 의상 코디네이터예요."

귀가 시간이 늦는 것에 대해서도 가족은 별다른 불만을 표현하지 않는다. 색소폰을 배우기 전에는 술 때문에 늦었던 귀가였다. 어차피 늦게 집에 들어오는 거 음악이라는 생산적인 일을 하는 게 훨씬 낫다고 생각하기 때문이다.

"옛날에는 술자리를 좋아하고 참 많이 다녔어요. 근데 요즘은 술 마시러 가자고 하면 무조건 거절하게 돼요. 빨리 연습실 가서 연주해야 되거든요. 집에서는 술 먹는다고 하면 걱정했었는데, 전화해서 색소폰 연습하는 소리가 들리면 안심하고 좋아해요. 내가 원체 음악을 하고 싶어했으니까 적극적으로 후원해 줘요. 첫 번째 연주회가 끝나고 나서는 10년 소원을 성취했다며 집안 식구들 모두 박수를 쳐줬다니까요."

젊게 사는 그는 학교에서도 인기 만점의 교수님이다. 사은회나 모임이 있을 때면 학생들이 전화를 해 연주를 청한다. 꼭 반짝이 의상을 가져오라는 당부와 함께 말이다. 반짝이 의상에 찢어진 청바지를 입고 학생들 앞에 서면 분위기는 '끝장이 난다.' 뒤집어지는 학생들과 부러움 섞인 눈빛을 보내는 동료 교수들을 보면 연주하는 맛이 배가 된다.

"헐렁한 청바지에 체인을 하고, 반짝이 의상을 입고, 이런 거 재미도 있지만 걱정도 되는 게 사실이에요. 막상 무대에 그렇게 입고 서려고 하면 사람들이 주책이라고 손가락질 하는 거 아닌가 하는 생각이 들죠. 하지만 제 주변에서 많이 응원해 줘요. 또래 친구들에게 '어디서 그런 용기가 나냐. 대단하다.' 이런 말을 들으면 조금 우쭐해지기도 해요. '자식들, 너희들은 못하지?' 하면서 말이에요. 저 따라서 색소폰을 불기 시작한 동료 교수들이 있으니 그리 보기 흉한 건 아닌가 봐요."

아저씨, 록밴드를 결성하다

# 계급장 떼고
# 걸레질하는 사장님들

만약 김병량 교수가 혼자서 색소폰 연습을 계속했다면 중도에 그만뒀을 확률이 높다. 많은 사람들이 악기만 사놓고 서너 달 연습하다 제풀에 꺾여 버리기 때문이다. 진열장에 고이 '모셔 둔' 색소폰을 보며 '언젠가는'만 외치다 잊어버리기 십상이다.

그가 추천하는 방법은 함께 모여서 연습하는 것. 음악을 사랑하는 사람들이 모이다 보면 사회와는 전혀 다른 커뮤니티를 경험하게 되고 인생에 대한 시각도 달라진다.

"분당 색소폰 클럽에 계시는 분들은 대부분 사회에서 어느 정도 성공하신 분들이에요. 대기업 사장님도 있고, 변호사도 있고, 의사도 있죠. 하지만 그런 계급장이 무의미해지는 곳이 바로 이곳이죠. 30년 정도 사회생활에 찌들어 있다 이곳에 오면 내 스스로 자유로워지는 걸 느껴요. 음악이 자유를 주는 거죠."

분당 율동공원 야외공연장에서 연주회가 있는 날이면 회사 일 집안일 모두 제쳐 놓고 공연 5시간 전에 집합한다. 공연에 필요한 각종

색소폰 연주에
반짝이 의상은
필수요소다.

장비를 나눠 자가용에 싣고 200개가 넘는 의자도 옮겨야 한다. 집에서는 걸레는커녕 빗자루 한 번 쥐어 본 적 없는 사람들이 누구라 할 것 없이 너덜너덜한 걸레를 손에 든다. 흰머리 성성한 70대 회원도 예외일수 없다. 야외에 마련된 화장실에서 걸레를 빨고 200개가 넘는 의자 하나하나를 정성스레 닦는다.

"어떤 때는 공연도 하기 전에 지쳐 버려요. 하도 열심히 청소하니까. 여름이라고 생각해 보세요. 그늘도 없는, 작열하는 태양 아래서 땀을 뻘뻘 흘리며 스크린 만들고 조명 세우고……. 힘들죠. 근데 또 다들 웃어요. 사회나 가정에서는 그런 일 절대로 안 할 사람들인데 같이 땀흘리면서 준비하다 보면 동질감을 느끼죠. 직장에서는 절대 느껴 보지못할 분위기의 커뮤니티예요. 자기가 싫으면 빠지면 되죠. 이해관계도 없어요. 그런데 모두들 즐겁게 1순위로 동호회 연주를 생각해요. 공연 기획 실장을 맡은 사람이 '의상은 이렇게 하시고 퍼포먼스는 이렇게 하시고' 얘기를 하면 70세 먹은 노인이 노트에 받아 적고 '저기요!' 하

아저씨, 록밴드를 결성하다

면서 손들고 질문하고, 이런 거 보면 정말 초등학생 같다니까요."

계급장 떼고 걸레를 드는 단 하나의 이유는 무대 위에서 느끼는 희열 때문이다. 연주가 끝난 뒤 500여 명의 청중들이 앙코르를 외치고 휘파람을 불 때면 말로 표현할 수 없는 성취감을 느끼게 된다.

"그 순간의 느낌은 정말 경험해 보지 않으면 몰라요. 내가 마치 대단한 스타가 된 느낌이라고나 할까요. 한마디로 '살아 있음' 그 자체죠."

# 타인의 행복은
# 내 인생을
# 춤추게 한다

음악은 사람에게 감동을 준다. 청중에게는 물론 연주하는 본인에게도
영혼이 구원받는 듯한 경험을 안겨 준다. 이런 경험 때문에 김병량 교
수는 아무리 일이 바빠도 최소한 한 달에 한 번씩은 꼭 자애원이나 양
로원, 장애우 수용시설을 찾는다. 공연으로 봉사활동을 하는 것이 삶의
큰 낙이기 때문이다.

　　"일본 유학 시절에 박사 학위 준비를 하느라 일본 노인 시설 조사
를 하러 많이 돌아다녔어요. 대학 교수라든지 봉사활동 단체에서 '연
주 봉사'를 하는 걸 심심치 않게 목격했죠. 음악을 전공한 사람이 멋진
연주로 사람들을 기쁘게 하는 것 못지않게 조금 서툰 사람들이더라도
마음을 합쳐 연주 봉사를 하는 모습은 정말 감동적이더라고요. 그렇게
멋져 보일 수가 없었어요. 그때 결심했죠. 나도 언젠가 노래든 색소폰
이든 뭔가를 꼭 해서 죽을 때까지 봉사활동을 하며 살아야겠다고요. 지
난 3년간 제가 빠지지 않고 시설을 찾는 이유가 그 때문이에요. 봉사활
동을 한다고 해서 하루아침에 제 인생이 달라지는 건 없어요. 하지만

아저씨, 록밴드를 결성하다

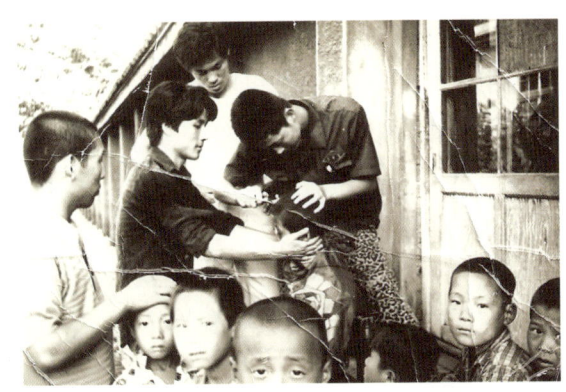

김병량 교수는
고등학교 시절에도
봉사활동을 즐겨 했다.

연주 봉사는
오히려
김병량 교수를
위로한다.

희미하게나마 그려 온 제 미래의 모습을 실현한다고 생각하니 굉장히 기분이 좋아요. 악기를 취미로 갖는다는 건 나뿐만 아니라 다른 사람도 행복하게 만들 수 있다는 장점이 있어요."

자신의 색소폰 연주에 박수를 치며 좋아하는 어르신들을 볼 때 그는 봉사활동이 남을 위한 것이 아님을 깨닫는다. 기뻐하는 그분들의 모습에서 자신이 위로받는 느낌을 받기 때문이다.

"봉사 연주를 하러 다니면 여러 감정들이 제 안에서 꿈틀거려요. 어느 날은 그런 생각이 들더군요. '아, 내가 다른 사람에게 봉사하는 것이 아니라 오히려 나에게 봉사하는 것이구나!' 인정할 수밖에 없어요. 연주 봉사를 하면서 상상 이상의 엄청난 희열을 느끼고 제 자신이 위로받는 느낌을 받으니, 이건 저를 위한 활동인지도 모르죠. 그래도 서로 행복할 수 있다면 좋은 거 아닌가요? 봉사는 마약 같아요. 하면 할수록 중독되거든요."

아저씨, 록밴드를 결성하다

# 연극이 끝난
# 중년의 친구들에게

"연극이 끝나고 난 뒤 뭘 해야 할까요?"

인터뷰 거의 막바지쯤 김병량 교수는 날카로운 눈빛으로 질문 하나를 던졌다. 다시 대학생으로 돌아가 강의실에서 교수에게 질문을 받는 느낌이었다. 어리바리한 표정으로 대답을 못하자 그는 "울면서 술 한잔해야죠!"라며 웃었다.

김병량 교수는 중년의 친구들에게 "연극이 끝났다면 펑펑 울면서 허전한 마음을 달랠 수 있도록 술 한잔 기울이라."고 충고했다.

"연극이나 큰 행사를 하고 나면 무대 뒤에서 연기자들이 웁니다. 마라톤을 한다고 생각해 보죠. 계속 가야 할 목표가 있을 때는 별다른 생각이 들지 않습니다. 하지만 결승점에 들어오는 순간 마라토너들은 그 자리에 주저앉거나 코칭스태프 품에 안겨 웁니다. 인생을 연극이나 마라톤이라고 한다면 우리 또래는 연극이 끝난 직후이거나 결승점에 도달해 주저앉아 있는 그 순간일 겁니다."

지금까지 살면서 그는 주어진 목표를 향해 쉼 없이 달렸다. 취직을 해야 했고, 승진을 해야 했고, 아이를 가졌고, 교육을 시켜야 했고, 돈을 벌어야 했다. 하지만 지금 인생은 김병량 교수에게 새로운 미션을 주지 않는다.

"목표가 있을 때는 인생이 확실합니다. '나는 어떤 장애가 있더라도 이걸 뛰어넘어야 한다.'는 절체절명의 순간들이 연속해서 나타나죠. 하지만 제 나이가 되면 목표가 시시해지거나 아예 없어져 버립니다. 인생이 시시해지는 거죠."

갑자기 시시해진 인생 때문에 주변에서 방황하는 중년들을 많이 봤다. 예전에는 60세까지 일할 수 있었지만 지금은 사회에서 40~50대에게 너무 수고했으니 집으로 돌아가라고 말한다. 전속력으로 달리던 쾌마의 다리 근육이 단박에 풀려 버리는 순간이다.

"20~30대는 마라톤이 막 시작됐으니 죽어라 뛰어야지요. 하지만 40~50대는 게임에서 이겼든 졌든, 실족해서 기권했든 낙오가 됐든 목표가 없어지지요. 저는 이 시점에서 보조 목표를 세워야 한다고 생각해요. 그래야 시간을 낭비하지 않고 방황하지 않을 수 있거든요. 음악이나 취미생활을 보조 목표로 세우세요. 같이 연극을 끝낸 사람들끼리 회포를 푸는 거 꽤 괜찮아요."

아저씨, 록밴드를 결성하다

# 발로 뛰기!

## 색소폰, 어떻게 시작할까

세상에 쉬운 악기가 없겠지만 색소폰은 처음 배우는 사람들에게
살인적인 인내심을 요구하는 악기 중 하나다.
운지법이 어려운 것은 둘째 치고 불기만 한다고 소리가 나오는 악기가 아니기 때문이다.
호흡법부터 가다듬어야 하고 어지러운 악보를 읽을 줄 아는 눈이 필요하다.
음악에 대한 웬만한 기본기가 없이는 쉽게 생각할 수 없는 악기다.
하지만 여성의 로망이 플루트라면 남성의 로망은 색소폰 아니겠는가.
색소폰에 대한 미련을 버리지 못하겠다면 뛰어드는 수밖에 없다.
**단, 대단한 각오와 끈기는 필수다.**
처음부터 악기를 산다든가 동호회에 드는 것은 바람직하지 못하다.
우선은 학원을 찾아가 상담을 하고 색소폰에 대한 조언을 얻어
실력에 맞는 악기를 구입하는 요령 등을 배운다.
요즘에는 색소폰 학원이 동호회를 겸하고 있는 경우가 많으므로
**동호회 겸 학원을 다니는 것도 한 가지 방법이다.**
혼자 배우는 데는 한계가 있기 때문이다.
합주도 하고 동료들과 교류하다 보면 그 재미에 색소폰 실력이 저절로 는다.
어느 정도 색소폰을 불 수 있게 되면 본격적으로 동호회 활동을 한다.
서울 지역이나 경기 지역에는 수많은 색소폰 동호회가 검색된다.
동호회를 고를 때는 해당 클럽이 얼마나 많은 활동을 하는지를 따져 본다.
동호회를 가장한 학원이 종종 있으므로 정확하게 문의하는 게 좋다.
행사에는 구청이나 시청 지원을 받는 정기 음악회나 노인시설, 아동시설 위문 공연 등이 있다.
동호회에도 연습실 이용료를 비롯한 소정의 회비가 있다. 보통 한 달 10만 원에서 15만 원 선이다.
특별 무대가 있을 때마다 행사비 명목으로 회비가 나갈 수 있다.
하지만 돈으로 따질 수 없는 인생의 친구와 음악 동지를 만날 수 있다는 점에서
동호회 활동이 바람직하다.

# '블로그'에서
# 나를 찾다

송원섭(1967년생)
● 현 《일간스포츠》 엔터테인먼트 팀장

# 나이를 먹었다고
# 느낄 때

"기억력이 감퇴됐다는 걸 확인했을 때 가장 충격적이었죠. 아, 내가 정말 나이를 먹었구나. 세월은 누구나 비껴갈 수 없는 거구나. 예전엔 제가 확신을 갖고 있는 답은 언제나 정답이었어요. 모르는 건 모르는 거지만 '저건 이거다!'라고 기억하는 것 중 틀리게 기억하는 건 하나도 없었거든요."

'언제 나이 먹었다는 걸 느끼나?'라는 질문에 보통 사람이라면 '늘어진 뱃살'이나 '주름살' 등의 대답을 하겠지만 송원섭 씨는 달랐다. 왕년의 퀴즈왕답게 '기억력 감퇴'라는 대답을 내놓았다. 확신을 가진 답은 언제나 정답이었다니 과연 천재 소리를 듣던 신동답다.

"'나는 모든 걸 기억할 수 있다.' 그 룰이 깨진 순간이 있었죠. 2000년 겨울이었어요. 퀴즈쇼 출신 친구들과 여행을 갔는데 일요일 아침에 〈퀴즈 대한민국〉이란 프로그램을 방송하더군요. 다 같이 시청하며 정답을 맞춰 나갔죠. '정철의 사설시조인데 이백의 시를 한국적으로 변형해 지은 시는?'이란 문제가 나왔어요. '진장주사'가 머릿속에

딱 답으로 떠올랐죠. 확신에 차서 '진장주사'라고 외쳤는데 정답은 〈장진주사〉였어요. 굉장히 충격적이었어요. 노쇠가 시작됐다는 걸 사람들 앞에서 시인한 느낌이랄까요. 입 밖에 내지 않았다면 상관없었겠지만 제 기억력이 어느 정도인지를 아는 사람들이라 제가 받은 충격을 이해하며 위로를 해주더군요. 뭐 이제는 사람 이름도 잘 까먹어 별로 신경 쓰지 않지만 그땐 충격이 꽤 오래갔어요."

《스포츠조선》을 거쳐 현재는 《일간스포츠》 엔터테인먼트 팀장으로 일하고 있는 송원섭 씨는 1988년 MBC 인기프로그램 〈퀴즈 아카데미〉에 출전해 7주 연속 우승 신화를 이룬 퀴즈왕 출신이다. 고려대학교 신문방송학과 3학년이었던 그는 대학 선배와 '여름사냥'이란 팀으로 이 대회에 출전했고 훤칠한 외모와 탁월한 말솜씨로 연예인 못지않은 인기를 누렸었다. 오빠 부대는 물론 신사복 광고 모델로도 캐스팅될 정도로 큰 반향을 불러일으켰다. 지금도 각종 퀴즈 프로그램 방송에 MC로 활약하고 있으니 준방송인 수준의 유명인이다.

기억력이 탁월해 어려서부터 신동 소리를 듣고 자란 그는 서울 청량고등학교 2학년 때 MBC 〈장학퀴즈〉에 출전해 주 장원과 월 장원을 거쳐 1984년 18기 기 장원에 오른 경력이 있다.

그때 〈장학퀴즈〉 상금으로 대학교 전액 등록금을 받았다. 남들은 〈장진주사〉의 '장' 자도 기억해 내지 못할 때, 정철과 이백이 누군지도 가물가물할 때 '진장주사'라고 대답했다고 자신의 늙음을 실감했다는 것이 괜한 말은 아닌 듯했다.

아저씨, 록밴드를 결성하다

"아, 머리숱이 많이 없어진 거 하고, 신사복 광고 찍었을 때보다 20킬로그램 정도 몸무게가 늘어난 거 하고, 목주름이 많이 생겼다는 것도 내가 늙었다는 걸 느끼게 해주지요. 회사에서는 후배들이 열 살 넘게 차이 나는 편집인과 저를 같은 세대로 봤을 때 절망했어요."

인터뷰 내내 두뇌 게임을 해야 하는 것 아닌가 걱정이 됐는데 그의 입에서도 보통 사람과 비슷한 대답이 나왔다.

將進酒癖가
進將酒癖가 된다는 건…
나이를 먹는다는 것…

# 골프로
# 스트레스 받느니
# 차라리 블로그를

송원섭 씨의 취미는 중년에게는 조금 생소한 블로그다. 블로그는 1990년대에 유행했던 개인 홈페이지를 떠올리면 된다. 하지만 개인 홈페이지나 이를 대중화시킨 싸이월드 미니홈피가 사적인 영역의 기록이라고 한다면 블로그는 좀 더 정보성을 띤 사회적인 공간이라고 할 수 있다.

송원섭 씨의 블로그 '스핑크스'는 대한민국 블로그 중 열 손가락 안에 들 정도로 인기다. 하루 방문자 수가 3만 명이 넘고 월 단위로는 100만 명 정도가 방문한다. 100만 부 베스트셀러 부럽지 않은 인기다. 블로그를 본격적으로 시작한 지 1년 만에 이뤄 낸 성과라니 대단하지 않을 수 없다.

"왜 하필 블로그가 취미냐고요? 골프가 재미없어서요. 아니 정확히 말하면 골프가 재미없을 거 같아서요. 해본 적도 없거든요. 우리 나이에 취미가 뭐냐고 물으면 보통 '공 친다.'는 대답이 돌아와요. 하지만 전 촌스러운 옷 입고 들판에서 작대기 휘두르는 게 좀 웃겨 보여요. 놀러 가는 건데 죽도록 연습한 다음에 가야 하고 또 돈도 많이 들고, 오히

**아저씨, 록밴드를 결성하다**

려 스트레스가 쌓일 거 같아요. 주말 골프 치는 사람들 대부분 그걸 일이라고 생각하지 취미라고 생각하진 않을걸요. 즐기는 사람은 없고 비즈니스 관계로 접대하고, 접대 받는 사람만 존재하더라고요."

골프웨어를 촌스럽다고 규정하는 송원섭 씨는 록밴드 너바나 티셔츠를 입고 있었다. 야근하는 날 저녁 시간을 이용해 회사 근처에서 인터뷰를 한 것이니 그의 너바나 티셔츠는 출근용 복장임이 분명했다.

박학다식한 사람답게 그의 블로그는 다양한 주제의 '포스팅'으로 가득하다. 김혜수의 패션 감각을 찬양하는 사진 모음 포스팅부터 각종 여행기, 맛집 탐방, 냉면의 역사, 정치적인 이슈까지⋯⋯. 안 다루는 이야기가 없을 정도다. 하지만 모든 포스팅을 일맥상통하는 것이 있으니 그것은 바로 '재미'다. 재치 있는 글 솜씨와 기승전결이 확실한 글 구조는 보는 이로 하여금 탄복하지 않을 수 없게 만든다. 글 하나에 댓글은 수십 개가 기본이고 이슈가 되는 포스팅에는 몇 백 개의 댓글 열전이 이어진다.

"연예계의 화끈한 이야기를 기대하고 제 블로그에 오시면 실망하세요. 연예계 이야기는 별로 없으니까요."

연예계 이야기는 그렇다 치고 블로그에 수위 높은 여배우들의 사진이 많은 것 같다고 딴지를 걸자 "야한 거에 대한 심리적 저항감이 없다."며 "여자가 옷을 벗고 있는 것이 해로우냐?"는 질문이 돌아왔다. 이내 대답을 못하자 그는 "여자가 옷을 벗고 있는 사진은 폭력으로 얼룩진 사진보다 훨씬 평화롭다."고 말했다.

# 블로그는 수다다

"저걸 못 잡다니!"

인터뷰를 하는 동안 송원섭 씨는 한국 시리즈가 중계되고 있는 텔레비전에서 눈을 떼지 못했다. 기자 경력 15년 중 10년은 연예부에 있었지만 초반 5년은 스포츠팀에 있었다. 기자가 된 결정적인 이유가 야구일 정도로 그는 각종 스포츠의 광팬이다. 보통 스포츠 팬이라고 하면 취미 역시 스포츠가 되지만 송원섭 씨는 다르다. 직접 하는 운동은 단호하게 '싫다.'고 말했다.

"영화를 좋아하는 사람이 다 나가서 영화를 찍나요? 와인을 좋아하는 사람이 와인을 담그진 않잖아요. 여행이 취미긴 하지만 트레킹 같은 엑티브한 활동은 절대 하지 않아요. 블로그는 이런 장점이 있어요. 원래 갖고 있던 취미에 블로그가 더해지면 '플러스알파'가 돼요. 여행, 음악, 운동이 취미인 사람이 블로깅을 한다고 생각해 보세요. 잘 아는 것에 대해 할 말이 많을 테니 훌륭한 포스팅을 많이 할 수 있겠죠. 그런 면에서 모든 취미를 엮을 수 있는 취미가 바로 블로그라고 생각해요.

"
# 영화를 좋아하는 사람이 다 나가서 영화를 찍나요?
…
# 원래 갖고 있던 취미에 블로그가 더해지면 플러스 알파가 돼요.
"

뭘 하든지 간에 블로깅을 염두하게 되거든요. 야구장에서 책을 읽을 수 없잖아요. 독서와 스포츠란 취미가 시너지 효과를 내지 못하죠. 하지만 블로그는 모든 취미와 연결될 수 있어요."

송원섭씨는 블로그를 한마디로 '수다'라고 정의했다.

"전 호사가예요. 제가 경험한 걸 다른 사람한테 떠들고 자랑하고 픈 욕구가 강하거든요. 다른 사람이 잘 모르는 것에 대해 설명해 주고 싶어하죠. 하지만 직접 사람을 앞에 놓고 수다를 떨자면 여러 가지 불편한 점이 있어요. 대화 내내 상대방 표정을 살피며 '저 사람이 내 이야기를 지겨워하진 않을까?' '날 재수 없다고 생각하진 않을까?' '내 이야기에 대한 저 사람 반응 때문에 내가 상처받진 않을까?' 등을 고려해야 하거든요. 하지만 블로그는 다르죠. 제가 한 시간 걸려서 쓴 글이라고 하더라도 스크롤을 내려 사진만 보고 30초 만에 읽는 사람이 있는가 하면 정독해서 30분 동안 읽는 사람도 있을 수 있죠. 가볍게 읽고 지나가고 싶은 사람은 그렇게 읽으면 되고 읽기 싫은 주제가 있으면 그냥 넘어가도 되는 거예요. 서로에게 편리한 의사소통 방법이죠. 옛날에는 친구를 만나 얘기하려면 밥을 사거나 술을 사거나 아니면 집으로 초대해 이런저런 이야기를 해야 했는데, 이제는 블로그에 하고 싶은 수다를 떨고 사람들은 그 느낌을 솔직하게 댓글로 달아 주기까지 해요. 얼마나 편해요. 저 같은 사람한테는 정말 좋은 '툴'이죠."

조금은 차갑게 느껴지는 대화 방법이지만 실상은 그렇지 않다. 송원섭 씨는 인터넷에서의 만남을 오프라인 모임으로 발전시키고 있기 때문이다. 바쁜 직장생활 때문에 시간이 여의치 않을 때가 많지만 온라인에서 닉네임으로만 알고 지내던 사람을 직접 만나는 재미가 쏠쏠하다.

　다양한 사람을 편견 없이 만날 수 있다는 것도 블로그만이 가지고 있는 매력이다. 오프라인 정기 모임 때마다 모인 사람들의 발만 찍어 블로그에 올리는 것이 송원섭 씨 블로그의 전통이 됐다.

　"아주 옛날에 서태지에 대한 기사를 쓴 적이 있는데 팬들로부터 항의 메일을 엄청나게 받았었죠. 서태지 인기는 정말 대단했잖아요. 메일 박스가 항의 메일로 가득 차 보도자료가 반송될 정도였어요. 그땐 무슨 열정이 있었는지 그 수많은 메일에 하나하나 답장을 보냈었죠. 조목조목 반론을 들고 틀린 맞춤법까지 다 정정해 주고 말이죠. 그때 서태지 팬클럽 카페에 '송원섭이란 기자 독하다.'는 글도 올라왔었던 걸로 기억해요. 그런데 얼마 전 서태지 신보에 대한 포스팅을 블로그에 올렸는데 그때 제 답장을 받았던 서태지 팬이 댓글을 다셨더라고요. 그때 보낸 답장이 너무 인상적이어서 송원섭 기자를 기억하고 있다고요. 반갑더라고요. 블로그의 묘미는 이런 게 아닐까 싶어요."

# 악플은
# 귀엽게
# 생각하라

"사실 우리나라 40대, 50대에게 블로그를 취미로 권유한다는 건 현실에 맞지 않는 거 같아요."

블로그를 취미로 시작할 중년에게 조언을 해달라고 하자 송원섭 씨는 한마디로 잘라 말했다. 기자라는 직업 특성상 블로그를 취미로 할 수 있는 여유가 있는 것이지 일반 회사에 근무하는 40~50대가 블로그를 취미로 하는 것은 어렵다는 얘기였다.

"포스팅 하나를 하는 데 1시간에서 1시간 반이 걸려요. 매일 하나 이상의 포스팅을 해야 블로그가 살아 숨 쉴 수 있거든요. 매일 그 정도의 시간을 할애할 수 있는 40대, 50대가 우리나라에 몇 명이나 될까요?"

송원섭 씨가 블로그를 취미로 할 수 있는 데는 회사의 전폭적인 지원도 컸다. 신문보다는 인터넷으로 기사를 보는 시대에 다양한 정보와 볼거리를 독자에게 제공할 요량으로 기자들에게 블로그 개설을 의무화했기 때문이다.

아저씨, 록밴드를 결성하다

블로거의

수다 본능은

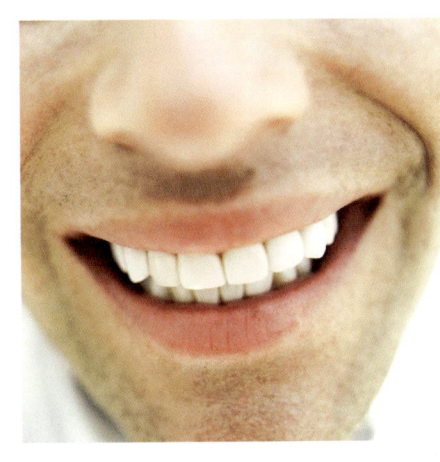

수다 욕구는

필수다

"적극적으로 블로그를 만들라고 장려하고 방문자 수가 많다고 칭찬도 해주고 격려하는 회사 분위기에서 자유롭게 취미생활을 하고 있어요. 원래부터 블로그를 하고 있던 저로서는 회사의 정책이나 분위기가 그저 감사할 따름이지요."

송원섭 씨는 블로그를 취미로 시작하기 위해서는 우선 자신에게 '수다본능'이 있는가를 생각해 봐야 한다고 충고했다. 블로그를 운영하다 보면 방문자 수나 인기도 등에 연연하게 되는 경우가 종종 있는데 이런 것에 앞서 가장 중요한 것은 떠들고 싶은 '수다욕구'가 얼마나 내 안에 차 있느냐라는 것이다. 떠드는 것의 즐거움이 글을 써야 한다는 강박보다 항상 앞서 있어야 한다는 이야기다.

"처음 블로그를 시작하시는 분들은 방문자 수를 의식해 사람들이 관심 있는 이슈나 자극적인 글을 쓰는 경우가 종종 있어요. 하지만 그런 블로그는 오래가지 못해요. 제풀에 꺾이고 말죠. 블로그를 취미로 운영하면서 방문자가 많고 반향이 있으면 좋겠지만 그런 데에 크게 신경 쓰지 마세요. 자신의 색깔을 찾는 게 가장 중요해요."

악플 또한 블로거들이 넘어야 할 큰 산이다. 인터넷 어디에나 익명성 뒤에 숨어 막말하는 사람들이 있기 마련이다. 블로그를 하면서 피할 수 없는 것이 바로 악플러들과의 싸움이다. 마음을 단단히 먹지 않으면 상처받기 십상이다.

"저는 스스로 대견하다 싶을 정도로 악플러들에게 상처를 안 받았어요. 아무리 악플러들이 블로그에 들어와서 난동을 부려도 오히려 악

아저씨, 록밴드를 결성하다

플러 놀려 먹는 재미를 느꼈다니까요. 그런 절 보면서 내가 엄청난 악플러 자질이 있다는 걸 깨닫기도 했지요. '자식들 이거밖에 못하나.' 하는 생각이 들면서 악플이 귀엽기도 하고요. 하지만 이건 제 경우의 이야기고 다른 분들은 스트레스를 많이 받으실 수도 있어요. 블로그는 한마디로 마당이에요. 담은 있는데 누구나 들어올 수 있게 문도 열어 놓은 마당이죠. 마당을 둘러보고 '집 잘 봤습니다.' 하고 인사하는 사람에게는 정말 고맙죠. 그런데 집에 대한 의논을 내놓는답시고 화단에 똥을 싸놓거나 '나무 심는 방법을 아예 잘못 배웠군요.'라고 심술을 부리는 사람을 누가 좋아하겠어요. 하지만 문을 열어 놓은 이상, 이상한 사람들 역시 들락날락거리게 마련이에요. 초탈하는 게 중요해요."

"저는 스스로 대견하다 싶을 정도로
악플러들에게 상처를 안 받았어요.
아무리 악플러들이
블로그에 들어와서 난동을 부려도
오히려 악플러 놀려 먹는
재미를 느꼈다니까요.„

# 하지만
# '그럼에도'
# 블로그를 하라

송원섭 씨는 5년 전 늦깎이 결혼을 해 아이 없이 결혼생활을 즐기는 '딩크족'이다. 자유로운 직장에 단출한 식구, 다른 사람에 비해 얽매이는 것이 별로 없는 셈이다. 하지만 그는 자신을 특별하게 바라보는 시선 자체가 답답하게 느껴진다.

"우리나라 남성들의 삶은 너무하다 싶을 정도로 획일적입니다. 다양성이란 게 없어요. 그만큼 불쌍한 사람들이 많죠. 40대는 친구들을 상갓집에서나 만나는 나이입니다. 오래간만에 만난 친구들과 술을 마시며 무슨 낙으로 사냐고 서로들 묻지요. 거의 대부분 주말에 골프 치러 나가는 게 유일한 '낙'이라고 말합니다. 아니면 기껏 맥주 마시면서 야구 중계 보는 거래요. 대부분의 가장들이 말하는 인생의 낙이라는 게 가족으로부터 뛰쳐나가는 거예요. 잠시라도 그 부양의 의무를 벗는다는 거, 그게 낙이더라고요. 가족이라는 게 원래부터 관심과 애정을 바라는 존재들입니다. 가장으로서 끊임없이 가족들에게 관심과 돈을 갖다 줘야 하는 의무가 있지요. 직장에서는 밀려나지 않으려고 아등바등

**아저씨, 록밴드를 결성하다**

살아야 하죠. 자아라는 걸 찾을 길이 없는 사람들이 40대, 50대인 거죠. 그런 사람들에게 '취미생활로 블로그를 운영해 보세요.'라고 말하는 게 한가한 소리로 들릴 수밖에 없어요."

그는 다음같이 이야기를 이어 나갔다. 목소리에 조금 힘이 들어가 있었다.

"하지만 그럼에도 블로그를 하라고 권하고 싶습니다. 많은 사람들의 낙 중에 한게임 고스톱이 있어요. 마누라가 연속극 보느라 정신없는 동안 혼자 컴퓨터 방에서 한게임 고스톱을 친다는 거죠. 그 시간에 자기 자신을 찾고자 하는 의지가 있다면, 블로그를 하는 게 좋을 거 같습니다. 일단은 신변잡기나 사회적 이슈에 대해 끄적이게 되겠죠. 그렇게 블로깅이 재밌어지면 블로깅을 위해 다른 걸 찾게 될 거예요. 뒷산에 가서 꽃 사진이라도 찍게 되겠죠. 40대 아저씨가 석쇠에서 익고 있는 돼지 갈비에 카메라 초점을 맞춘다고 해서 부끄러워할 필요가 없습니다. 혹시 압니까? 20대 아가씨에게 귀여운 40대로 어필될지. 카메라를 꺼냅시다. 거기서부터 나를 찾는 여행이 시작될 겁니다."

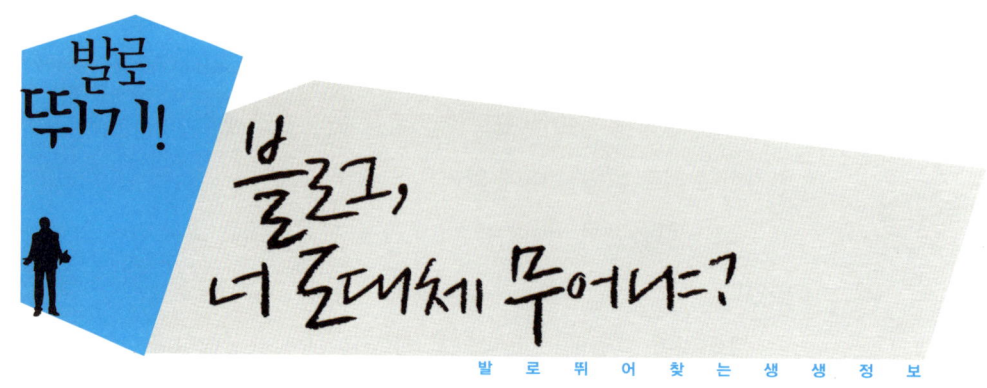

발로 뛰기!

블로그,
너 도대체 무어니?

발 로 뛰 어 찾 는 생 생 정 보

**블로그를 어디다 만드느냐에 따라** 인터넷상에 자신의 블로그가 노출되는 곳도 달라지고 교류하는 블로거들의 성향도 달라진다. 블로그는 한 번 만들면 축적된 정보 때문에 쉽게 이동하거나 바꿀 수 없다는 단점이 있으므로 신중하게 선택하는 것이 좋다.

손쉽게 블로그를 만들 수 있는 방법은 '네이버'나 '다음'의 블로그 서비스를 이용하는 방법이다. 인터넷 검색 사이트인 네이버나 다음은 회원으로 가입하면 기본적으로 블로그 서비스를 제공하므로 별다른 지식 없이 블로그를 개설할 수 있다. 이런 대형 검색 사이트 블로그의 장점은 편의성과 접근성이다. 메뉴나 게시판 형식 등이 익숙하고 편리하게 돼 있으므로 인터넷에 능숙하지 않은 사람도 쉽게 이용할 수 있다.

그밖에 《조선일보》, 《중앙일보》, 《한겨레》 등 언론사 사이트에서 제공하는 언론사 블로그가 있다. 해당 언론사 메인 화면에 노출되기도 하며 기사에 대한 평가나 연계가 가능하다는 점에서 중장년층이 선호하는 블로그 사이트 중 하나로 꼽는다. 특히 시사 문제에 관심이 많고 할 말이 많았던 사람이라면 언론사에서 제공하는 블로그 서비스를 이용해 볼 만하다. 이곳의 특징은 중장년층 블로거의 댓글 교류가 활발하다는 점이다.

**블로그를 만들 곳을 신중하게 선택해야 하는 이유는** 어떤 곳에 블로그를 만드느냐에 따라 방문자의 성향이 달라지기 때문이다. 대형 검색 사이트의 경우에는 검색을 통해 지나쳐 가는 방문자가 많기 때문에 블로거 간의 깊은 소통이 쉽지 않은 편이다.

"메타블로그 서비스는
블로그의 종류와 상관없이
서로 소통할 수 있게 만들어 놓은
광장이라고 할 수 있다."

저작권 문제나 정보 노출 때문에 이런 곳이 싫은 사람들은 홈페이지처럼 직접 블로그를 만들어 자신의 서버에 설치하기도 한다.

**블로그의 묘미는 사람들과의 소통이다.** 1인 미디어라 불리는 블로거의 파워가 세진 만큼 블로거들을 위한 서비스가 많이 개발돼 있다. 메타블로그 서비스는 블로그의 종류와 상관없이 서로 소통할 수 있게 만들어 놓은 광장이라고 할 수 있다.

자신의 블로그 주소를 등록하면 자동으로 메타블로그 사이트에 자신의 글이 수집되며, 블로거들에게 노출될 수 있는 기회를 더 많이 얻는다. 블로거 사이에서 추천을 받으면 메타 사이트 메인 페이지에 장식돼 스포트라이트를 받을 수 있다.

**블로그의 방문자 수가 늘어나면 기쁜 일이 또 한 가지 있다.** 요즘에는 개인 블로그에 제휴 광고 등을 넣어 돈을 벌 수 있기 때문이다. 클릭 수에 따라 수익을 가져가는 구조다. 방문자 수가 늘어날수록 광고를 클릭할 확률이 높아지기 때문에 부수입을 올릴 수 있는 가능성도 커진다. 하지만 그렇게 큰 수입은 기대하지 않는 것이 좋다.

블로그로 돈을 벌 수 있는 방법으로는 '원고료'가 있다. 많은 언론에서 앞 다투어 블로그의 글을 기사화하고 콘텐츠화하면서 블로거에게 소정의 원고료를 지급한다. 또 '얼리 어답터'라면 블로그를 통한 제품 리뷰나 사용 후기 등을 써서 기업체로부터 돈을 받을 수도 있다.

# 스쿠버 다이버로 변신한 장돌뱅이

## 조성택(1965년생)
● 현 (주)유민스테인리스 대표

"저 사실은 장돌뱅이였어요."

　살아온 이야기를 듣고 싶다고 하자 조성택 씨는 대뜸 자신이 장돌뱅이였다고 말했다. 지난해 매출 110억 원을 올린 알짜 중소기업 유민 스테인리스의 사장님으로 알고 왔는데 장돌뱅이라니. 어리둥절한 표정을 짓자 조성택 씨는 빙긋 웃으며 "트럭 몰고 다니면서 물건 파는 사람, 장돌뱅이요. 모르세요?"라고 물었다. 인터뷰 초반부터 구미가 당기기 시작했다.

　"군대 제대하자마자 젊은 혈기에 장사를 해야겠다 싶더라고요. 1988년, 한창 올림픽 열기로 뜨거웠을 때죠. 아버지한테 2,000만 원을 빌려서 옷 장사를 시작했어요. 그때 당시 굉장히 큰돈이죠. 근데 그만 6개월 만에 말아먹었어요. 트럭에 옷을 한가득 싣고 5일장, 4일장을 찾아다녔는데 장사가 안 되는 거예요. 아버지한테도 그 2,000만 원이 전 재산이었거든요. 정말 죽고 싶더라고요. 제가 유민 스테인리스를 1993년도에 자본금 800만 원으로 시작했으니 망해도 아주 크게 망한 거죠."

지금이야 웃으며 이야기할 수 있지만 당시 조성택 씨는 후회와 한탄으로 20대 중반을 보냈다. 그러고는 와신상담하는 마음으로, 다니던 대학을 그만두고 서울 청계천에 위치한 스테인리스 업체에 취직했다. 그것도 운전기사로.

"처음에는 직원도 아니고 임시직 운전기사로 청계천에 발을 들였어요. 장돌뱅이로 1톤 트럭 운전을 했던 경력이 써먹을 데가 있었던 거죠. 하지만 운전기사라고 해서 운전만 하지 않았어요. 그때부터 거래처 사람들에게 열심히 인사하면서 대인관계에 신경을 썼거든요. 그러다 판매 영업직을 하게 되면서 본격적으로 일을 배웠죠."

어떤 것에도 얽매이는 것을 싫어하는 그가 4년을 그렇게 버텼다. 자기 일을 쉽게 벌이는 게 아니라는 걸 장돌뱅이 생활로 몸소 체험했기 때문이다. 하지만 1992년 결혼과 동시에 큰아이가 생기면서 조성택 씨는 인생의 중대 결정을 하게 된다.

"처자식을 먹여 살려야 한다는 책임감이 무겁게 어깨를 짓누르더라고요. 가족과 풍요롭고 행복하게 살려면 종업원 생활로는 어렵다는 생각이 들었어요. 4년 동안 일을 배우면서 그 분야에서 성공할 어느 정도의 자신감도 있었고요. 그래서 단돈 800만 원을 가지고 1993년 스물아홉 살의 나이로 유민스테인리스를 시작했습니다."

어린 나이에 사업을 시작하는 그를 청계천 사람들은 곱지 않은 시선으로 바라봤다. 청계천에서 잔뼈가 굵었던 몇몇 사장님들은 그가 3년을 버티지 못할 거라고 내기까지 걸었다. 이를 악물 수밖에 없었다.

"사업에는 왕도가 없어요. 그냥 열심히 하는 수밖에요. 운도 많이 따라 부도 위기도 천우신조로 여러 번 넘겼죠. 첫해 매출이 4억 원이었는데 작년 매출이 110억 원이니 30배 정도 신장한 셈이에요. 요즘에도 남들은 어렵다고 하는데 매출을 상향 조정했어요. 저희 회사 직원이 총 27명인데 얼마 전 과장급 이상 5명을 빼고는 임금을 10퍼센트씩 올려 줬어요. 사기 진작이 돼야 매출이 올라가는 법이거든요."

한치 앞을 내다볼 수 없는 불경기에도 뚝심으로 직원들 월급을 올려 주는 사장님. 그에게는 한 가지 철학이 있다.

"직원들한테 약한 모습 보이고 싶지 않아요. 저는 골프다, 음악이다, 스쿠버 다이빙이다, 제가 하고 싶은 거 다 하며 사는데 직원들 급여를 올려 주지 않는다는 건 말이 안 되죠. 제가 좀 덜 쓰면 되니까요. 제가 워낙 레저 생활을 좋아하다 보니 직원들 복지도 신경을 쓰는 편이에요. 전 직원에게 등산화를 지급하고 서바이벌 게임도 하러 가고 그래요. 그런데 사장이 등산하자고 하니까 은근히 피곤해하는 직원들도 많아요. 하하. 제 욕심이란 생각도 들어요."

"저 사실은 장돌뱅이였어요."
"트럭 몰고 다니면서
   물건 파는 사람, 장돌뱅이요.
   모르세요?"

# 진짜
# 내 것을 만난
# 바다 속

운이 많이 따라 사업이 성공했다고 겸손하게 말하는 그지만 왜 피가 마르는 때가 없었겠는가. 발이 닳도록 일하고 물불 가리지 않고 덤벼든 그의 인생이 훤히 보이는 듯했다.

"인생이 따분하지는 않았는데 딱 마흔이 되니까 내가 없다는 생각이 들더라고요. 십여 년을 회사에 '올인'했고 어느 정도 안정도 됐는데 팽팽한 줄이 딱 끊어지듯 허탈감이 몰려왔어요. 진짜 내 것이 없다는 생각이 들면서 뭔가 재밌는 게 없을까, 나만을 위한 게 없을까 둘러보게 됐죠."

성공 후 돌아오는 상실감과 허탈감 때문이었을까. 조성택 씨는 한때 온라인 게임에 중독됐다. 2년 가까이 온라인 게임에 푹 빠져 지내자 삶은 서서히 황폐화됐다. 사실은 조성택 씨뿐만 아니라 우리의 평범한 가장들이 제일 쉽게 한 번씩 겪는 유혹이다.

"이렇게 살면 안 되는데 하던 차에 우연히 신문에 실린 '너구리' 기사를 봤어요. '너구리'라는 게 불법으로 어장에 들어가 채취하는 걸

뜻하는 말이에요. 근데 엉뚱하게 재밌겠다는 생각이 드는 거예요. 바다에 들어가서 전복을 따 먹으면 얼마나 맛있을까, 뭐 이런 생각이 번뜩 든 거죠."

그렇게 마흔 살에 전복을 '직접 채취해 먹기 위해' 그는 스쿠버 다이빙을 배우게 된다. 엉뚱한 그의 의도와 달리 바다 속 세상은 조성택 씨 인생을 바꿔 놓았다.

"처음에는 내가 너를 잡아먹겠다고 들어간 바다였는데 지금은 세상 최고의 아름다움을 가르쳐 준 바다가 됐습니다. 그냥 배워 놓으려고만 했는데 바다 속 세상을 알고 나니 그 아름다움과 스쿠버 다이빙의 여정 자체가 즐거워 그만둘 수가 없더라고요."

호기심이 많은 조성택 씨는 무료함을 달래기 위해 한때 골프에 미쳤었고, 여러 악기를 다뤄 봤고, 사교 댄스도 배워 봤으며, 전문 타짜에게 스카우트 제의를 받을 정도로 포커에 빠지기도 했었다. 하지만 그가 단연코 이렇게 한 가지 취미에 매료된 적은 없었다.

"제가 아이가 넷이에요. 다복한 편이죠. 사랑스러운 아내와 아이들을 보며 행복한 게 사실이지만 집안이 정신없는 것도 사실이에요. 집에 들어가면 말 그대로 정말 바글바글하죠. 스쿠버 다이빙 해보셨어요? 그 고요함, 직접 경험해 보지 않으면 그 느낌을 몰라요. 엄마 뱃속에 있는 듯한 태고의 편안함을 주죠. 그건 나 혼자만의 시간이에요. 내 호흡 소리를 듣고 물속에서 움직이는 내 몸의 움직임을 느끼죠. 공기 탱크를 물지 않으면 몸살이 날 정도로 스쿠버 다이빙에 중독되는 이유예요."

아저씨, 록밴드를 결성하다

"그건 나 혼자만의 시간이에요.
내 호흡 소리를 듣고
물속에서 움직이는
내 몸의 움직임을 느끼죠.
공기 탱크를 물지 않으면
몸살이 날 정도로 스쿠버 다이빙에
중독되는 이유예요."

# 파도 높이 4미터, 수심 11미터, 잊지 못할 어느 날의 고백

제주도 성산 앞바다. 바람이 심상치 않다. 파도 높이는 2미터. 좋은 날씨는 아니지만 스쿠버 다이빙을 하지 못할 정도는 아니다. 성산포 인근은 국내 다이버들 사이에서도 아름답기로 유명한 포인트를 여럿 가지고 있다. 특히 자리여 포인트는 해외 유명 다이빙 포인트 못지않은 아름다움을 뽐낸다.

성산일출봉의 절경을 감상하며 입수하면 대형 해송들과 키산호, 부채산호, 계곡 틈새에 자리 잡은 고르고니언 산호 등 형형색색의 다양한 산호를 볼 수 있다. 국내 바다에서 보기 힘든 열대어와 랍스터, 운이 좋으면 돌고래까지 만날 수 있는 곳이다. 일곱 명의 팀원 모두 서울에서부터 부푼 마음을 품고 이곳에 온 터다.

입수할 때가 되니 파도가 4미터까지 올라왔다. 다이버 강사는 입수를 포기하자고 하지만 나를 비롯한 팀원 모두 이렇게 끝낼 수는 없었다. 자리여 포인트 안쪽과 통독 포인트까지는 괜찮을 것 같다고 입수를 주장했다.

물속에 들어와 보니 바다 역시 심상치 않았다. 킥을 차면 몸이 앞으로 나가야 하는데 오히려 뒤로 밀려났다. 강사가 엄지손가락을 들고 물 위로 뜨자고 사인을 보냈지만 아직 나갈 수 없다는 생각이 들었다. 팀원들 모두 같은 생각이었다. 수심 11미터가 되자 모두들 감태(해초 종류)를 부여잡고 앞으로 기어 나갔다. 자리여 대해 쪽으로 방향을 틀었다. 움푹 파인 항아리형 지형에 빠져 앞이 보이지 않았다. 팀원들의 숨소리가 거칠게 느껴졌다.

얼마나 올라갔을까. 갑자기 시야가 뻥 뚫리면서 방어 떼 수십만 마리가 눈앞에 펼쳐졌다. 제주도에서는 좀처럼 볼 수 없는 파란 바다에 시야가 나오는 것도 신기한데 제주도 앞 바다에서 방어 떼를 만나다니. 믿을 수 없는 광경에 팀원 모두가 넋이 나갔다.

갑자기 아무도 없고 나 혼자라는 느낌이 든다. 파란 바다만 신비하게 빛나고 있다. 우주에 온 느낌이 이럴까. 꿈인지 생시인지 구분할 수 없는 광경에 고요하게 나를 느낀다. 우주, 나, 존재……

자연의 위대함을 몸으로 체험하고 겸손한 마음이 됐다. 2분간 바람처럼 지나간 방어 떼를 바라보며 내 인생에 다시 이런 순간이 올 수 있을지 의심이 들었다.

부력 재킷에 공기를 다 채우고 물 위로 올라왔다. 우리를 데려갈 배는 파도가 심해서 근처까지 오지 못하고 있다. 무서운 생각이 팀원 전체에게 들었다. 긴장된 분위기를 깨려고 "핸드폰 있는 사람 빨리 전화해서 배 오라고 해!"라고 우스갯소리를 던졌다. 다행히 분위기가 누그러들었다. 7명 모두 어깨동무를 하고 노래를 부르기 시작했다. "어이야 디야 노 저어 가라." 20분을 그렇게 견뎌 내자 배가 겨우 닿아 구명 튜브를 던졌다. 살았다. 강사는 배에 올라타서야 "오늘이 제 평생 바다 인생에서 세 번째로 위험한 상황이었다."고 고백했다. 순간 정신이 번쩍 들었다. 하지만 또 같은 상황에 놓인다고 해도 나는 아마 방어 떼를 선택할 것이다.

방어 떼 수십만 마리가
눈앞에 펼쳐졌다.
우주에 온 느낌이 이럴까.
꿈인지 생시인지 구분할 수 없는
광경에 고요하게 나를 느낀다.

낭만은 죽지 않았다
다만 모른 체했을 뿐이다

말레이시아 릴리안 바다 속에서
만난 거북이…
거북이도 나처럼
중년의 여유를 즐기고 있을까?

# 스쿠버 다이빙,
# 젊음을 되찾아 주다

"스쿠버 다이빙은 1박 2일이나 2박 3일 여정으로 팀을 짜서 가는 경우가 대부분이기 때문에 일상에서 방점을 찍을 수 있는 중요한 휴식을 줘요."

조성택 씨는 이 휴식 기간에 몸과 마음을 풀어헤치고 자신에게 자유라는 선물을 준다. 가족과 직원을 짊어지고 가야 한다는 현실 속의 중압감이 완전히 해소되는 것은 아니지만 잠시 잊을 수 있는 해방구를 제공한다.

"물속에 혼자 있다가 사업의 중요한 실마리를 얻는 경우도 있어요. 스트레스를 받지 않으니 자유로운 생각을 하게 되고 거기서 사업 구상이 절묘하게 이루어지죠. 어떻게 보면 스쿠버 다이빙도 일을 잘하기 위한 '당근'일 수 있다는 생각이 들어요."

그가 꼽는 스쿠버 다이빙의 두 번째 묘미는 젊은 사람들과의 소통이다.

"아무래도 제 나이쯤 되면 스쿠버 다이빙 팀에서는 큰형님이 되거든요. 보통 스쿠버 다이빙을 즐기는 연령대는 20대가 많죠. 그 친구들과 여행을 다니고 늘 함께 있다 보니 젊어질 수밖에 없어요. 생각도 젊어지고 행동도 젊어지죠. 젊은 기를 받는다고나 할까요. 회사에서는 깍듯한 대접을 받고 격식도 차리면서 부하 직원들하고 생활하지만 사실 겉모습만 늙었지 제 자신이 바라보는 저는 아직 철부지 20대와 다름없거든요. 주어진 위치에 따라서 그 역할을 감당할 뿐, 모든 사람이 생각하는 자신은 아직 어리지 않나요? 격식 없이 젊은이들과 소통하다 보면 깨닫는 점도 많고 제가 달라지는 걸 느낄 수 있어요."

스쿠버 다이빙을 배운 후부터 그는 고등학교에 다니는 딸과 더 쉽게 대화할 수 있게 됐다. 어느 날 축 처진 딸의 어깨를 보며 위로를 해 줄 수 없을까 생각하다, "지못미~"라고 장난스럽게 말을 걸자 딸이 깜짝 놀라며 웃었다. '지못미'는 요즘 젊은이들 사이에서 유행하는 줄임말로 '지켜 주지 못해 미안하다.'는 뜻이다.

"아이가 깜짝 놀라면서 '아빠가 어떻게 그런 말을 알아?'라고 되묻는데 기분이 괜찮더라고요. 뭔가 좀 아는 아빠가 된 것 같고 딸과 더 가까워진 것 같고 말이에요. '얌마, 아빠가 그 정도는 돼.'라며 으쓱했죠."

젊은이들과 어울리다 보니 내가 모르는 세상을 알게 됐다. 이전에는 아이들과 대화하는 데 한계가 있었는데 스쿠버 다이빙 친구들과 어울린 후로는 폭이 많이 넓어졌다. 아이들의 가려운 곳을 먼저 긁어 줄 정도로 젊은 아빠가 됐다.

"아, 불임으로 고통받는 부부에게도 스쿠버 다이빙을 권하고 싶네요."

뜬금없는 얘기가 아니다. 실제로 오랫동안 아이를 갖지 못해 거의 포기하다시피한 부부가 스쿠버 다이빙을 함께 배우면서 아이를 갖게 됐다. 스쿠버 다이버 사이에서는 금실을 좋게 하는 데 다이빙이 최고라는 말이 있을 정도다.

"아무래도 함께 여행을 다니고 좋은 경험을 함께 나누니 금실이 좋아질 수밖에 없죠. 스트레스로부터 해방된다는 건 말할 것도 없고요. 부부 불화나 불임 문제 등으로 고민하는 커플이 있다면 스쿠버 다이빙을 권하고 싶네요. 결혼을 할까, 말까 고민하던 커플이 뱃멀미 받아 주고 등 두드려 주고 하다가 확신이 생겨서 결혼에 골인하는 경우도 봤어요. 우리 부부요? 와이프가 정적인 사람이라 스쿠버 다이빙은 싫다고 하네요. 하하."

# 제일 먼저
# 행복해야 할 사람,
# 당신!

40~50대가 선뜻 취미생활을 가지지 못하는 이유는 크게 두 가지다. 돈이 많이 들 것이라는 편견과 시간이 없다는 핑계다. 하지만 조성택 씨에게 이는 변명에 지나지 않는다. 돈은 다른 씀씀이를 줄이면 되는 것이고 시간은 만들면 된다.

"금전적인 건 그렇다 치고 시간에 대한 핑계는 자기 스스로에게 좋지 않다고 생각해요. 자기만의 시간을 가질 수 있는 절호의 기횐데 그걸 놓치다니 너무 아깝잖아요. 스쿠버 다이빙이 비싼 레저일 거라는 생각은 편견이에요. 비수기인 겨울에는 소정의 장비 대여비만 내면 무료로 가르쳐 주는 곳이 서울에도 많아요."

스쿠버 다이빙 코스로 무조건 해외를 가야 한다는 것 역시 옳지 않은 생각이다. 동남아시아 여행지에서 스쿠버 다이빙을 배우는 것은 때론 위험할 수 있기 때문이다.

"제대로 된 장비와 강사가 해외 여행지에는 잘 없어요. 언어도 통하지 않고요. 가끔 신혼여행으로 체험 다이빙을 하다가 사고 당하는 경

아저씨, 록밴드를 결성하다

우를 보게 되잖아요. 국내 스쿠버 다이빙 포인트도 해외 못지않습니다. 강사진의 실력은 말할 것도 없고요. 저도 1년에 4~5번씩 해외로 스쿠버 여행을 다녔지만 우리나라만큼 특이하고 예쁜 포인트도 없거든요. 보존 상태도 좋아서 일본 다이버들은 서귀포로 다이빙을 온답니다. 독도 포인트가 생긴다면 두말할 거 없이 달려갈 거라니까요."

단지 스쿠버 다이빙에 국한된 얘기는 아니다. 금전적으로 여유가 없고 본격적으로 뭔가를 배울 시간이 없는 사람 역시 무언가 한 가지 취미생활은 영유해 나가는 것이 좋다.

"다 저같이 스쿠버 다이빙을 할 순 없는 거잖아요. 제 친구 중에 대리운전을 업으로 삼는 친구가 있는데 배드민턴이 취미예요. 얼마나 간편하고, 건강하고, 좋은 취미예요. 배드민턴 채 하나만 있으면 산에 가도 할 수 있고 물에 가도 할 수 있어요. 그 친군 배드민턴 때문에 정말 즐겁게 살아요. 일에 파묻혀 있고 일만을 위해 산다면 생활이 영위가 안 됩니다. 자기 자신을 찾으세요. 세상이 달라지던걸요."

IMF보다 더 어렵다는 경제 난국에 40~50대 가장에게 취미생활이 과연 가능한 일일까.

"위기는 기회예요. IMF 때 다들 몸을 사렸지만 저는 오히려 적극적으로 영업을 했어요. 그때 거래처가 많이 늘었죠. 불황이 호기라는 생각을 해야 해요. 취미생활은 자기 자신에 대한 투자예요. 당신이 행복해야 가정이 행복하고 회사가 잘 돌아갈 수 있는 겁니다. 생각의 전환이 필요하다고 봐요."

# 물속에
# 뛰어들 힘이 있는 한
# 슈퍼맨이 될 수 있다

늦게 배운 도둑질이 무섭다고 조성택 씨의 스쿠버 다이빙 사랑은 끝이 없었다. 언제까지 스쿠버 다이빙을 하실 생각이냐고 묻자 "물속으로 뛰어들 힘만 있다면."이란 대답이 돌아왔다.

"전 슈퍼맨이 돼봤어요. 하늘에 올라가면 기류가 있듯 물속에도 조류가 있거든요. 이 조류를 잘 타면 슈퍼맨이 돼요. 필리핀 피나클 포인트에서 조류를 타고선 한 5분 사이에 10킬로미터를 날아간 적이 있습니다. 장난이 아닌 속도죠. 바다는 그래요. 저를 태아로 만들기도 하고 슈퍼맨으로 만들기도 하죠. 텔레비전에서 79세가 된 해녀 어르신을 본 적이 있어요. 뭍에서는 생활 자체가 불편하신 분이에요. 걷기조차 힘들어하시는 분이죠. 그런데 바다에만 들어가면 20대 처녀가 되시는 거예요. 그분을 보면서 생각했어요. 제가 물속에 뛰어들 힘이 있는 한 스쿠버 다이빙을 계속할 거라고요."

**아저씨, 록밴드를 결성하다**

발로 뛰기!

# 스쿠버 다이빙은 해외보다 국내에서

**스쿠버 다이빙을 처음 접하게 되는 기회는** 국내보다 해외인 경우가 많다. 해외여행 시 스노클링을 하면서 옵션으로 체험 다이빙을 선택하는 여행자가 늘고 있기 때문이다. 하지만 많은 다이버들은 해외보다는 국내에서 체계적으로 다이빙을 배우고 자격증을 딴 뒤 해외 원정 다이빙을 떠나는 것이 안전하다고 충고한다. 해외에서 스쿠버 다이빙을 배울 경우 한국인 강사가 있다고 하더라도 현지인 도우미들과의 언어 문제 때문에 안전상 문제가 생길 수 있다. 또 여행지의 스쿠버 다이빙 장비들은 노후화된 것들이 많으므로 신경을 써야 한다. 짧은 일정 속에서 스쿠버 다이빙을 배우는 경우, 시간에 쫓겨 교육을 제대로 받지 못할 수도 있다.

**스쿠버 다이빙이 대중화되면서 국내에도** 많은 다이빙 교육 기관이 생겨났다. 스쿠버 다이빙 자격증을 발급하는 대표적인 기관은 PADI, SSI, NAUI, KUDA, CMAS 등 약 10여 개의 단체가 있다.

자격증은 오픈 워터 다이버, 어드밴스드 오픈 워터 다이버, 레스큐 다이버, 다이버 마스터 등으로 나뉘며 초급 다이빙 자격증을 딴 사람만이 그 다음 단계의 자격증을 딸 수 있다.

오픈 워터 다이버 자격증 코스는 약 7일 정도의 교육을 통해 필기시험과 4번의 다이빙을 이수해야 한다. 입문 단계의 다이버가 되는 과정으로 다이버가 기본적으로 갖춰야 할 지식과 안전에 대해 배우는데, 이 자격증을 따면 전 세계에서 다이빙을 할 수 있는 자격이 주어진다. 교육비는 국내에서 할 경우 15만 원에서 20만 원 선이다. 자격증 난이도가 올라갈수록 다이빙할 수 있는 수심이 깊어지고 교육 강도가 높아진다.

# '흐르는 강물처럼' 꿈을 낚아라

최조나단(1965년생)
● 현 디자인 컨설팅 프리랜서

# 브래드 피트의
# 그 플라이 낚시

한여름, 강원도의 깊은 산골짜기. 작열하는 태양의 기세는 조그만 잎사귀들이 막아 주고 산들바람만 살랑살랑 코끝을 간질인다. 적막을 깨는 것은 물소리와 간간이 들리는 새소리뿐. 이마저 익숙해진 귀는 조그맣게 뛰고 있는 심장 소리를 듣는다.

얼음장처럼 차가운 물이 발을 휘감고 도시의 푹푹 찌는 공기와 전혀 다른 싱그러운 냄새가 콧속을 시원하게 뚫는다. 천천히 심호흡을 한 뒤 팔을 힘차게 돌려 낚싯대를 물에 담근다. 보석처럼 빛을 내며 흐르는 강물에 넋을 잃는다. 이제 모든 것을 내려놓고 자연과 교감할 때다.

'플라이 낚시' 하면 떠오르는 영화가 있다. 브래드 피트가 주연한 〈흐르는 강물처럼〉이다. 희대의 미남 스타 브래드 피트를 주연으로 기용하고도 포스터에는 그의 얼굴을 박지 않았던 희한한 영화. 다만 허공을 가로지르는 플라이 낚싯줄과 울창한 나무, 이것을 등지고 선 한 사내의 뒷모습만 있을 뿐이었다.

낭만은 죽지 않았다
다만 모른 체했을 뿐이다

하지만 이 포스터는 플라이 낚시가 무엇인지 모르는 사람에게도 영화가 어떤 메시지를 전하고 싶어하는지 단박에 알려 줬다.

낚시만 전문으로 하는 방송 FTV가 큰 인기를 끌고 낚시 전문 잡지와 신문이 여럿 있을 정도로 한국인의 낚시 사랑은 유별나다. 등산, 골프 다음의 인기 취미가 낚시일 정도로 강태공이 많은 나라지만 플라이 낚시라고 하면 고개를 갸웃거리게 된다.

왠지 모를 고급스러운 느낌도 들고 돈이 많이 들 것 같다는 생각이 들기도 한다. 브래드 피트처럼 멋진 금발 청년에게나 어울릴 것 같지만 사실 한국에서도 많은 이들이 즐겨 하고 있다. 다만 그 방법이 잘 알려져 있지 않을 뿐이다.

아저씨, 록밴드를 결성하다

〈흐르는 강물처럼〉의 플라이 낚시는
브래드 피트처럼
멋진 금발 청년에게나 어울릴까?

# 허공을 가로지르는 낚싯줄의 매력

"가까운 한강에서도 가끔 낚시를 하긴 하는데 플라이 낚시하고는 비교가 안 되죠. 기법도 다양하고 도구들도 굉장히 섬세해서 열심히 배우지 않으면 안 돼요. 그거 배우는 맛에 플라이 낚시를 다니는 걸지도 몰라요. 수량이 많은지 적은지에 따라 낚싯대 크기도 달라지고 릴 사이즈도 달라져요. 순발력을 발휘해서 줄 두께도 달리해야 하고요. 도구들을 가지러 차에 왔다 갔다 할 수 없으니까 조끼를 입고 주렁주렁 많이 달고 다니죠. 벨트 스타일도 있어서 조끼에 벨트까지 갖추면 사파리 복장이 돼요. 장비가 이것저것 굉장히 많이 필요한데 이거 모으는 재미도 쏠쏠해요. 하다 보면 옷도 아무거나 못 입죠. 하하!"

조그만 오토바이를 타고 인터뷰 장소에 나타난 최조나단 씨는 한마디로 '젊었다.' 방금 전까지 회사에서 근무 중이던 그는 야구 모자에 헐렁한 티셔츠 차림이었다. 미국에서 산업 디자인을 전공한 그는 모토로라에서 설계 업무를 담당하다가 현재는 디자인 컨설팅 프리랜서로 활동하고 있다. 미국에서 20년 정도 생활했지만 한국에서 사는 것이 좋아 다시 조국을 찾았다. 하지만 대한민국 남자의 전형적인 삶을 살고 있는 것은 아니다. 아직까지 미혼으로 사는 것이 좋고 싱글 라이프가 편하다는 그는 친구들과 틈이 날 때면 캠핑을 떠나거나 팀을 짜 플라이 낚시를 즐긴다.

"처음에 플라이 낚시를 알게 된 건 친구 녀석 덕분이에요. 영화 〈흐르는 강물처럼〉에 나오는 것처럼 미국에는 수량이 많은 강이나 계곡이 많아요. 플라이 낚시도 대중적인 편이고요. 미국에서 친했던 친구가 플라이 낚싯대를 선물로 준 게 계기가 됐죠. 한국에서 플라이 낚시를 즐길 수 있을지 몰랐는데 우연한 계기로 플라이 낚시 팀에 합류하게 됐어요. 플라이 낚시 맛을 알게 된 후부터는 주말마다 낚시를 가죠."

이웃나라 일본의 플라이 낚시 인구는 20만 명 정도, 그에 비해 한국은 2,000명 정도가 고작이다. 하지만 일본과 한국에서만 서식하고 있는 산천어 때문에 일본에서 플라이 낚시 원정을 오는 강태공들이 꽤 있다. 플라이 낚시 인구가 많은 일본에서는 어류 보호를 위해 낚시 금지 기간을 정해 놓고 있는데 이 기간을 피해 한국을 찾는 것이다.

"강원도에 서식하는 산천어들은 행동이 민첩하고 성격이 예민해요. 아무래도 경사가 심하고 바다까지의 구간이 짧은 편이라 계류가 넓지 않고, 수량도 적은 편이죠. 이런 환경 속에서 먹이를 찾아다니며 생활하다 보니 행동이 빨라질 수밖에 없는 거예요. 산천어를 잡으려면 인내심도 많이 필요하고 물의 흐름도 잘 알아야 하죠. 또 욱하면서 먹이를 무는 애들이 산천어라 보통 물고기 잡는 맛과는 좀 달라요. 그 맛에 사람들이 플라이 낚시에 빠져 들죠."

　　　최조나단 씨의 핸드폰이 5분마다 울리기 시작했다. 오늘 저녁 친구들과 캠핑을 떠나기로 약속했기 때문이다. 플라이 낚시꾼과 금요일에 인터뷰를 잡은 게 화근이었다.

강원도에 서식하는
산천어들은 행동이 민첩하고 예민하다.
욱 하면서 먹이를 무는 애들이 산천어다.

# 찬 손으로
## 산천어를 잡아야 하는
### 이유

새벽 6시. 단골 낚시 도구 숍 앞에 사람들이 하나둘 모이기 시작한다. 오늘 멤버는 총 7명. 차량 크기나 장비를 생각하면 6명의 인원이 적당하지만 선착순에서 밀려난 한 사람이 특별히 부탁해 인원이 늘었다. 막차를 탄 형님은 샌드위치를 인원별로 준비해 오셨고 일전에 함께 플라이 낚시를 갔던 다른 형님 한 분은 캔 커피를 가져오셨다. 지난달 함께 낚시를 떠났던 재일교포 어르신 얼굴이 보인다. 반갑게 인사를 건네자 그쪽도 반가운 기색을 보인다. 이제 출발이다.

이른 아침부터 분주하게 움직였으면 다들 휴게소에서 우동 한 그릇 생각이 간절할 텐데 누구 하나 밥을 챙겨 먹는 사람이 없다. 강원도 산골짜기에 있는 단골 식당의 맛있는 시골 반찬 생각에 꼬르륵 소리를 참아 가며 침을 삼킨다. 소박하지만 풍성하게 차려진 백반으로 아침을 배불리 먹고는 슬슬 플라잉 낚시 준비에 들어간다.

웨이더(바지장화)와 플라이 조끼를 챙겨 입으니 빨리 물에 들어가고 싶은 생각뿐이다. 팀으로 왔지만 플라이 낚시는 모여서 할 수 없다.

서로의 영역을 침범하지 않는 것이 예의다. 저마다 뿔뿔이 흩어져 물을 고른다. 한참을 걸었다. 주변에 아무도 보이지 않게 되고 적막 속에서 물소리만 들린다. 이제 나만의 시간이다.

고기가 있겠다 싶은 곳에 힘차게 캐스팅(미끼를 원하는 곳에 던지는 것)을 했다. 플라이 라인이 아름답게 그려지는 것을 보고 있노라니 황홀한 기분마저 들었다. 그간 잔디밭과 방바닥을 연습장 삼아 수천 번 캐스팅 연습을 한 것이 빛을 발하는 순간이었다. 입질이 들어왔다. 손 끝에 힘차게 전해 오는 물고기의 움직임에 아드레날린이 한꺼번에 뿜어져 나온다.

점심시간에 잠시 모여 컵라면을 먹고 휴식 시간을 갖는다. 저마다 잡은 물고기를 보여 주느라 신이 났다. 하지만 실물로 보여 주는 사람은 아무도 없다. 플라이 낚시의 모토인 '캐치 앤 릴리즈(Catch & Release)' 때문이다. 잡은 물고기는 바로바로 놓아주는 것이 이들의 법칙이다. 산천어를 손으로 잡을 때도 시간이 걸린다. 손의 온도 때문에 산천어가 화상을 입을 수 있기 때문이다. 물에 손을 담가 차갑게 한 후에야 비로소 산천어를 잡아 볼 수 있다. 디지털 카메라로 찍은 물고기의 모습을 보여 주며 30센티미터가 넘는 녀석이었음을 자랑하는 노신사의 얼굴에서 '건강함'이란 단어가 떠올랐다.

오후에 또 한 차례의 낚시를 마치고 가볍게 식사를 함께했다. 하지만 술은 걸치지 않는다. 서로 예의를 갖추고 조심스럽게 행동하는 편이기 때문이다. 일본인이 있다 보니 일본과 한국 사회에 대한 이야기도 오가고 세계 경제와 정치에 대한 이야기도 오갔다. 하지만 선을 넘는 분위기는 아니다.

서울에 도착하니 새벽 1시. 다음을 기약하며 재빨리 인사를 나눈다. 잠시 뒤 아침 일찍 출근해야 하는 사람들이 대부분이기 때문이다. 회비 9만 원으로 뿌듯한 주말을 보낸 기분이다.

# 캐치 앤 릴리즈 Catch & Release
## 플라이 낚시의 모토……

# 자연과 교감하는
# 젠틀맨의
# 혼자만의 시간

하루 종일 함께하다 보면 술 한잔 걸치고 형님 동생이 되는 것이 한국 남자들의 습성일 텐데 지나치게 예의 바른 플라이 낚시꾼들의 행동에 의아한 생각이 들었다. 플라이 낚시의 어떤 점이 이들을 '젠틀맨'으로 만드는 것일까.

"직업군이 서로 비슷하진 않아요. 자주 뵙는 재일교포 어르신은 퇴직하신 사업가로 알고 있고, 외교관도 있으시고, 저 같은 엔지니어도 있고요. 직업은 다양한 편이에요. 하지만 성격이 좀 비슷하죠. 플라이 낚시는 세심함이 필요해요. 섬세한 분들이 많죠. 어떻게 보면 내성적인 분들인 것 같기도 해요. 자기 스트레스를 수다로 풀지 않고 그냥 담아 두는 스타일이라고나 할까요. 그런 느낌이 들어요. 그러다 보니 서로 예의를 갖추고 조용히 지내는 경우가 많죠. 남자 여럿이 있으면 사고가 나거나 짜증나는 일들이 벌어질 법도 한데 그런 일이 한 번도 없었어요. 일전에는 어떤 분이 차를 갑자기 세워 달라고 하시는 거예요. 알고 보니 방귀가 나오려고 해서 밖에 나가시려고 한 거였어요. 왜 웃으세요. 남자도 섬세하다니까요. 정말 트림도 잘 안 하세요."

혼자 사는 게 편해 아직 솔로를 고집하는 최조나단 씨는 플라이 낚시 역시 혼자 즐길 수 있는 취미생활이라 좋은 건지도 모르겠다고 솔직하게 이야기한다. 단체로 팀을 짜 낚시를 떠나기는 하지만 진짜 낚시를 즐길 땐 혼자다. 자연과 교감하고 물고기와도 교감하는데 다른 사람이 옆에서 이를 방해한다면 참기 힘들 노릇이다.

"산골짜기에서 물소리를 들으며 혼자 있으면 얼마나 평온한데요. 골프 치시는 분들이 뻥 뚫린 필드에 나갔을 때 희열을 느끼는 것처럼 플라이 낚시는 자연과의 교감에서 희열을 느껴요. 정신요양이라고나 할까요. 화이트 컬러 노동자들은 정신적으로 엄청난 스트레스를 받잖아요. 한시도 가만히 머리를 놔두지 않죠. 물 밑에 있는 땅에 몸을 지탱하고 서서 물 흐름을 느끼고, 바람의 움직임을 피부로 느끼면서 자연과 커뮤니케이션해요. 매일매일 저글링을 하듯 똑같이 살아가는 환경에서 정신을 놓아 주는 거예요. 낚시 하면 딴생각이 안 나거든요. 어떻게 어디로 던져서 물고기를 잡을까만 생각하기 때문에 몇 시간 동안 푹 빠져있다 보면 스트레스가 확 날아가요. 운동하고는 또 달리 정신적인 측면이 강한 취미활동이라고나 할까요."

물고기와 교감한다는 그에게 물고기는 도대체 뭐라고 말할까. 인간이 놓은 가짜 벌레를 덥석 문 죄로 혀에 구멍이 뚫려 끌려가는 입장인 물고기에게 그가 할 말이 있을까.

"사실 낚시가 동물 학대라는 거 인정해요. 인간의 이기적인 행위

아저씨, 록밴드를 결성하다

죠. 왜 먹을 것도 아니면서 잡고 놔주느냐고 비판하시는 분들도 계세요. 뭐, 이기적인 취미활동이라는 거 부인하고 싶진 않아요. 하지만 잡힌 물고기한테 정말 잘해 준다는 건 말씀드리고 싶어요. 조심스럽게 후크를 빼고 정말 소중히 다루다 놔주거든요."

솔직한 그는 같이 플라이 낚시를 하는 이들이 사회적으로 어느 정도 기반을 다진 사람들이라 대하기가 편하다는 이야기도 털어놓는다. 그들이 예의 바른 건 사회적 경험에서 우러나온 행동일 게다.

"의도하진 않았지만 플라이 낚시를 하게 되면서 여유 있고 사회적인 지위가 있는 사람들과 커뮤니티를 형성하고 교류하게 되는 것 같아요. 그런 사람들하고 친하다고 해서 특별하게 콩고물이 떨어지는 건 아니지만 대화를 하다 보면 시야가 넓어지는 걸 느끼게 된다고나 할까요. 좋은 쪽이든 나쁜 쪽이든 사회적으로 다른 백그라운드를 가진 사람과 어울리다 보면 눈치 봐야 하는 것도 많고, 맞춰 줘야 하는 것도 있고, 아무래도 불편한 점이 있죠. 이분들하고 사회에서 만났다면 오픈 마인드를 하지 못했겠지만 취미생활로 만난 거라 사적인 이야기도 스스럼없이 얘기하게 돼요. 그래도 이상하게 서로 어느 선은 넘지 않는 거 같아요. 뭘 부탁한다든지 뭐 그런 거요. 말이 통하는 사람들과 만난다는 것도 큰 장점이죠."

"어떻게 어디로 던져서
물고기를 잡을까만 생각하기 때문에
몇 시간 동안 푹 빠져 있다 보면
스트레스가 확 날아가요.
운동하고는 또 달리 정신적인 측면이
강한 취미활동이라고나 할까요."

# 일중독자에게
# 취미생활을
# 부탁해

20대의 패션 감각과 라이프스타일을 고수하는 그도 문득 40대의 그림자에 뒤덮일 때가 있다. 즐겨 보던 예능 프로그램보다 시사 프로그램과 토론 프로그램이 더 재미있다고 느껴질 때다. 20~30대에는 쳐다보지도 않았던 심야 토론 프로그램에 꽂혀 자신도 모르게 흥분을 하고 있다는 것.

"30대에는 앞길이 너무 먼 거 같아서 뒤를 돌아다볼 여유가 없었어요. 사회적 위치나 커리어 걱정을 많이 했죠. 남들과 비교도 많이 하고요. 하지만 40대에 들어서는 성숙해졌다는 느낌이 들어요. 남들과 비교하기보다는 내 스스로를 점검하게 되죠. 내가 잘 살아 왔나, 잘 살고 있나 뭐 이런 생각을 하게 돼요. 30대에는 친구들과 술 마시고 노는 걸로 스트레스를 풀었는데 이제는 '오늘 내가 뭘 했나?' '책 하나라도 더 읽어야 하는 것 아닌가?' 자꾸 다잡게 돼요. 여러 분야에 관심이 생기고 머리에 뭔가 든 게 있는 사람처럼 보이고 싶기도 하고요."

조금이나마 자신을 돌아볼 여유가 생긴 40대에게 그는 적극적으로 취미생활을 권했다. 여러 가지 의무와 책임에 시달리는 가장들에게는 정신적 요양이 필수적이라는 것이다.

우선 취미생활을 하려면 이기적이어야만 한다. 가족들과 함께하는 것은 진정한 요양이 될 수 없기 때문에 이기적일 정도로 자기만의 취미를 가지라고 충고한다.

"우리 나이 때는 일 생각을 안 하는 것 자체가 요양이에요. 가만히 쉰다고 일 생각을 안 할 수 있나요. 일 말고 몰두할 수 있는 걸 찾아야 일 생각을 안 할 수 있어요. 이 정도 몰두하려면 자신이 정말 좋아하는 취미를 가져야 하죠. 푹 빠질 수 있는 무언가를 찾는 게 제일 중요해요."

취미생활이 세련될수록 남들에게 보여 주고 자랑하는 재미도 쏠쏠하다. 사람들이 골프를 무난한 취미생활로 삼는 이유 역시 이 때문이라고 생각한다. 주변에 연습장도 많다 보니 접근성도 편하다.

"그런데 골프는 취미를 떠나서 업무적으로 압박을 받는 거 같아요. 한국에서 사회적으로 어느 정도 성공하면 무조건 골프를 쳐야 한다는 강박관념이 있죠. 우리 나이에 골프 못 친다고 하면 게으르다, 혹은 여유가 없다고 생각해요. 상사들이 봤을 때 골프를 잘 치는 직원이 똑똑해 보이고 여유로워 보이겠죠. 다 편견이지만 말이에요. 몸도 안 받쳐 주고 힘들어 죽겠는데 상사한테 잘 보이겠다고 산에 오르는 건 휴일을 갖다 버리는 일이라고 생각해요. 골프도 일을 떼어 내 생각하는 건 힘들죠."

평소에 말이 없는 편이지만 술자리에서 취미생활 얘기가 나오면

　　　　　　　　　　　　　　　아저씨, 록밴드를 결성하다

사회적으로
어느 정도 성공하면
무조건
골프를 쳐야 한다는

강·박·관·념

자신도 모르는 사이 수다쟁이가 된다.

업무상 사람을 만날 때도 플라이 낚시는 진가를 발휘한다. 남자들 세계에서도 취미생활이 특별하다면 매력적인 사람이 되기 때문이다.

"골프 좋아하는 사람들이 모이면 괜찮은 골프채, 좋은 골프장 얘기로 이야기꽃을 피우듯 낚시도 그런 게 있어요. 어떤 찌를 사용하느냐, 어디로 낚시를 다니느냐 등을 공유하면서 친밀감과 유대감을 형성하죠. 낚시 얘기를 하다 보면 저도 모르게 흥분하면서 사람들에게 설명을 하게 돼요. 한마디로 신이 난 거죠."

# 40대 피터팬의
# 꿈과 낭만

최조나단 씨의 관심은 플라이 낚시에 그치지 않는다. 그가 타고 온 '조그마한 오토바이'는 베스파, 하나바와 더불어 클래식 스쿠터의 지존이라 불리는 '람브레타'였다. 웬만한 중고 자동차 값을 호가하는 람브레타는 제2차세계대전 직후 이탈리아에서 만들어진 스쿠터다. 모드족이라 불리는 당시 유럽 멋쟁이들은 자동차보다는 스쿠터를 택했고, 스쿠터로 대표되는 이들의 날아갈듯 가벼운 라이프스타일은 새로운 문화 그룹을 형성했다. 히피족이 머리를 치렁치렁 기르고, 록 음악을 좋아하고, 제멋대로의 의상을 즐겼다면 모드족은 단정한 캐주얼 수트 차림에 재즈 음악을 사랑했다.

"헬멧은 필수예요. 마흔이 넘었는데 교통 법규 위반해서 경찰한테 걸리면 정말 창피하잖아요. 배달용 스쿠터하고 비교하는 건 정말 참을 수 없어요. 보세요. 정말 예쁘지 않아요? 잘 모르시겠다고요? 휴! 논현동에 가구 보러 가는 걸 좋아하는데, 가게 앞에 제 람브레타를 세워 놓고 들어가면 배달부 아니면 잡상인 취급을 해요. 이게 그래도 600만

낭만은 죽지 않았다
다만 모른 체했을 뿐이다

141

원이 넘는 놈인데. 누가 알아준다고 타고 다니는 게 아니고 정말 제가 좋아해서 타고 다니는 거예요. 1965년에 만들어진 녀석이라 부품 구하기가 하늘의 별 따기거든요. 가격도 엄청나고요. 문제는 구하기 어려운 부품을 구하는 게 재미있다는 거예요. 그냥 오토바이를 좋아한다면 할리데이비슨 같은 걸 타겠죠. 근데 이건 좀 문화적으로 달라요. 자신이 진짜 디자인이나 소리, 그 느낌 자체를 좋아하지 않는다면 돈을 쏟아부으면서 람브레타를 타진 않겠죠. 자기가 좋아하는 모델들에 대한 히스토리를 공부하고 그걸 통해 자기 느낌에 맞는 스쿠터를 찾아요. 예쁘다고 그냥 사는 게 아니에요. 모델의 백그라운드 리서치가 필수예요."

"물을 좋아하는 편이라 카약도 조금 배웠는데 재밌어요. 요즘 한국에서도 차 위에다 카약 싣고 다니는 사람을 종종 봐요. 세월이 좋아졌단 생각도 들고, 사람들이 바뀌고 있다는 생각도 들어요. 배 자체가 비싸고 구경하기 힘들었는데 플라스틱으로 만드는 기술이 늘면서 싸고 가볍고 튼튼한 카약이 많이 만들어졌어요. 위에서 노 젓는 거하고 배 안에 들어가서 노 젓는 거하고 차이가 있는데⋯⋯."

수줍게 묻는 말에만 대답을 하던 그가 또 말이 많아졌다. 신이 난 거다. 그러고는 40대 피터팬 최조나단 씨는 연이어 걸려 오는 전화를 받으며 경쾌하게 애마 람브레타를 타고 떠났다. 신나게 캠핑장으로.

아저씨, 록밴드를 결성하다

# 람브레타 VS. 할리데이비슨

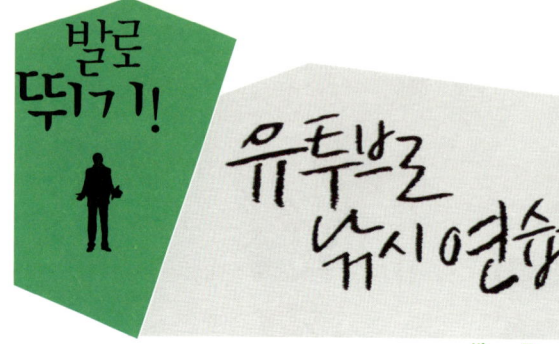

**일단 플라이 낚시에 관심이 생겼다면** 오프라인 전문 매장을 찾을 것을 권한다. 서울과 경기도 쪽에 몇몇 전문 매장이 있다. 일단 기본 장비들을 구입하면서 정보도 얻을 수 있고 사람도 소개받을 수 있다. 플라이 낚시 주말여행 역시 전문 매장의 단골 고객들 중심으로 이뤄지기 때문에 오프라인 전문 매장을 찾는 것이 가장 빠른 플라이 낚시 입문 방법이다.

**지방에 거주하는 사람이라면 인터넷 동호회를 검색해** 같은 지방에 사는 사람과 모임을 갖고 조언을 구하는 것이 좋다. 일반 낚시용품점에도 플라이 낚시 용품을 팔긴 하지만 그 종류가 다양하지 않고 전문 지식 없이 파는 경우가 대부분이므로 장비부터 갖추는 것은 피해야 한다. 사람들과 교류하면서 충분히 사전 지식을 갖게 되면 인터넷으로도 훌륭한 장비를 구입할 수 있으므로 너무 서두르지 않는 것이 좋다. 국산으로 장비를 갖추면 50만 원 정도에 대, 릴, 웨이더(방수복), 플라이 파리 벌레 세트 등을 구비할 수 있다.

**플라이 낚시 장비를 구비했다면** 혼자서 동영상을 보면서 캐스팅(낚싯줄 던지기) 연습을 충분히 해야 한다. 실전에서 가장 중요한 것은 캐스팅의 정확도이기 때문이다. 유투브에서 '플라이 낚시'를 검색하면 여러 동영상이 뜬다. 잔디 위에서 낚시 줄을 던지는 방법과 방바닥에서 연습하는 방법 등이 있다. 무엇이든지 간에 자신이 할 수 있는 여건에서 연습을 시작하면 된다.

**사전 지식과 캐스팅 연습이 끝났다면** 실전에 돌입한다. 당일치기로 떠나는 플라이 낚시 1일 코스 여행 회비는 9~10만 원 선. 그리 부담되는 액수는 아니다. 네 번 정도 플라이 낚시 여행을 떠나면 어느 정도 자신감을 얻게 되고 재미를 느끼게 된다. 그렇게 플라이 낚시에 빠지다 보면 자신도 모르는 사이 어떤 물고기가 어느 계절에 잘 나타나고 강원도 어느 지역에 가면 어떻게 생긴 벌레가 잘 먹히는지 등의 소소한 일까지 꿰게 될 것이다.

아침에 출근해 저녁에 퇴근하는
팍팍한 회사원 생활은
똑같을 텐데 그의 삶은
뭔가 싱그러운 바람이 살랑대는
느낌이었다.

# 끝까지 철들지 않고
# 날아갈 수 있을까

김광식(1970년생)
● 현 삼익 공장자동화 설비업체 대표

# 논밭을 나뒹굴어도 좋아,
# 새가 될 수 있다면

용인시 초부리 시골길을 들어설 때만 해도 길을 잘못 찾은 것이 아닌지 내비게이션을 의심했다. 너무 한적했기 때문이다. 두 대의 차가 겨우 지날 수 있는 좁은 길을 따라 1킬로미터쯤 들어가자 저 멀리 하늘에 떠 있는 비행 물체 여럿이 시야에 들어왔다. 서울에서 가장 가까운, 패러글라이더들의 아지트인 용인 활공장에 도착한 것이다.

패러글라이딩 학교라는 말에 번듯한 건물을 찾았지만 어디에도 시멘트로 만든 건물은 없었다. 다만 언덕 위에 있는 한 컨테이너 박스에 '패러글라이딩 스쿨 에어필드'라는 간판이 붙어 있었다. 럭셔리한 스포츠로 알려진 패러글라이딩의 실체에 조금 당황할 수밖에 없었다.

이륙장은 저 멀리 정광산 활공장에 있어서 보이지 않았지만 착륙장은 확실히 알 수 있었다. 초부리 논과 밭이 패러글라이더들의 안전한 착륙장이었다. 저 멀리 한 사람이 논바닥에 안착하는 모습이 보였다. 언제부터 갖고 있었는지 모를 패러글라이딩에 대한 환상이 여지없이 깨지는 순간이었다. 갑자기 럭셔리한 취미생활로 알려진 패러글라이딩이 친근하게 다가왔다.

컨테이너 박스 안은 생각보다 알찼다. 대형 텔레비전과 빔 프로젝터, 노트북 등이 놓여 있었고 따뜻한 커피를 마실 수 있는 정수기도 있었다. 여기가 바로 대한민국 패러글라이더를 육성하는 패러글라이딩 학교다.

패러글라이딩 장비를 실은 트럭을 타고 비포장도로를 지나 활공장에 도착했다. 벼랑같이 느껴지는 활공장 앞에는 이륙을 준비하는 패러글라이더들의 모습이 보인다. 추위를 대비해 비행복을 입고 헬멧을 쓴 뒤 하네스(기구와 몸을 연결하는 번데기 같은 장비)에 오르니 절벽이 가팔라 보인다. 몸이 떨리기 시작한다.

출발 신호가 떨어지기 무섭게 두려움을 떨치려 달리기 시작했다. 몇 발자국 뛰었을까, 달리는 발이 땅을 밟지 못했고 몸이 둥실 떠올랐다. 어느새 하늘을 날고 있었다. 발은 허공에서도 열심히 구르는데 내딛을 곳을 찾지 못한 느낌은 뭐라 설명할 수 없다. 중력을 벗어나 한 마리의 새가 된 것이다. 발아래로는 내가 지나온 초부리의 시골 마을이 보이고 허공에는 구름뿐이다. 얼굴에 불어오는 맞바람이 싱그럽게 느껴진다. 뻥 뚫린 이 순간의 자유는 누구도 방해할 수 없다.

양손에 쥔 조종줄을 왼쪽으로 오른쪽으로 번갈아 잡아당기며 선회를 시도한다. 방향을 바꿔 가다 열 기류라도 만나면 엔진이라도 달린 양 곧바로 수직 상승이다. 운이 좋고 비행 실력마저 수준급이라면 1,000~2,000미터 고도까지 올라가기도 한다.

아저씨, 록밴드를 결성하다

# 패러글라이딩은
# 레저의 최정점

평일 오후임에도 용인 활공장에는 사람들로 북적였다. 초부리에 모여 있는 패러글라이딩 클럽은 총 5개. 용인 활공장 근처에는 컨테이너 사무실을 두고 서울 본사와 연계해 패러글라이더들을 교육시킨다. 패러글라이딩은 전적으로 날씨에 의존하는 레저다 보니 날씨가 좋은 날은 평일 주말 할 거 없이 5개 클럽에서 사람들이 쏟아져 나온다.

김광식 씨 역시 아침에 받은 클럽 팀장의 전화에 일산에서 용인을 한달음에 달려왔다. 날씨 좋은 날이면 무조건 하늘을 날아야 감이 녹슬지 않기 때문이다.

"용인 활공장이 그나마 수도권에서 가장 가까운 곳이에요. 패러글라이딩 하는 사람들은 다 여기로 모일 수밖에 없죠. 일산에서 용인까지 일주일에 두 번은 와요. 날씨가 좋으면 무조건 달려온다고 생각하시면 돼요. 감이 떨어지면 안 되니까요."

일산에서 용인을 일주일에 두 번 오갈 정도라니 보통 내기가 아니다. 아무리 패러글라이딩을 사랑한다고 해도 시간과 금전이 따라 주지 않는다면 할 수 없는 일이다. 평일이었던 이날 낮에 활공장에 모이는 사람들은 거의 자영업자나 개인사업자가 대부분이다. 시간의 구애를 받지 않아야 패러글라이딩을 맘 편히 즐길 수 있다는 점에서 럭셔리한 취미생활이라는 것은 분명해 보였다.

"아무래도 시간적인 제약이 있고 장비 구입하는 금액이 만만치 않아서 젊은 사람들이나 직장인이 정기적으로 하기에는 무리가 있죠. 주말에 날씨가 만날 좋은 게 아니니까요. 회원 중에는 개인사업 하시는 분이 제일 많아요. 아, 근데 저 분은 학교 선생님이신데요. 수업 땡땡이 치고 오셨답니다. 하하!"

얼굴을 보기 위해 고개를 돌리자 황급히 숨어 버리는 회원 한 분이 눈에 띄었다. 어느 학교 선생님이냐고 묻자 한사코 비밀에 붙였다. 시간과 금전의 제약도 패러글라이딩의 매력 앞에서는 무릎을 꿇는 모양이다.

레저광인 김광식 씨에게 패러글라이딩은 네 번째로 푹 빠진 취미 활동이다. 수상 스키, 암벽등반, 스쿠버 다이빙 등 몸으로 하는 취미생활은 안 해본 것이 없을 정도다. 스쿠버 다이빙은 주말마다 강사활동을 했을 정도로 푹 빠졌었다. 하지만 패러글라이딩의 재미를 안 후로는 이만한 레저가 없다는 게 그의 생각이다.

"일단 빠지면 중독돼요. 다른 레저 생활을 해볼 만큼 했는데요. 기존에 느끼지 못한 세상이 열린 느낌이라고나 할까요. 패러글라이딩은 모든 레저의 최정점이라고 얘기해요. 암벽등반이나 스쿠버 다이빙을 했던 사람들이 다른 취미생활을 찾다 패러글라이딩을 시작하죠. 레저의 마지막 단계라고나 할까요. 아무래도 하늘에서 하는 운동이고 혼자서 모든 걸 해결해야 하니까 긴장감의 정도가 다르죠. 물론 스카이 다이빙도 굉장한 스릴을 느끼게 한다고 그러지만 국내에서 자주 할 수 있는 레저는 아니니까요."

김광식 씨가 처음부터 활동적인 운동을 좋아했던 것은 아니다. 고등학교를 졸업할 때까지 소극적이고 평범한 학생이었던 그는 군대가 자신을 바꿨다고 설명했다.

"눈에 띄지도 않는 조용한 아이였죠. 그런데 해병대에 입대한 후 인생이 달라졌어요. 적극적인 사람으로 변모했죠. 끌려가는 것보다는 지휘하고 진취적으로 일하는 걸 좋아하게 됐어요. 그런 성격 변화가 스물아홉 살에 사업을 시작하게 한 원동력이었죠."

## 패러글라이딩 …… 일단 빠지면 …… 중독!!

# 틀에서 벗어나면
# 다른 세상이 열린다

군 제대 후 그는 공장자동화 설비업체에 기술 영업직으로 입사했다. 지금의 아내는 이 회사 입사 동기였고 현재 하고 있는 일 역시 공장자동화 설비 사업이니 인연이 꽤 깊은 회사였다. 적극적인 마음가짐으로 열심히 일했고 회사에서도 인정을 받았다. 하지만 위기는 IMF 때 찾아왔다.

"열심히 회사생활을 했는데 봉급쟁이는 봉급쟁이일 뿐이더라고요. IMF가 터지자 회사는 가차 없이 직원을 잘랐습니다. 제가 인정하고 존경하던 선배들이 잘려 나가는 걸 보면서 많은 생각이 들었습니다. 제가 볼 때는 능력이 뛰어나신 분인데 이해할 수가 없더라고요. 저는 어렸고 월급도 많지 않았기 때문에 살아남았지만 제 40대도 그들과 별반 다르지 않을 거라는 생각이 들더군요. 그게 제가 서른이 되기도 전에 서둘러 사업을 시작한 이유예요."

젊은 나이에 사업을 이끌어 나가는 게 쉽지만은 않았다. 하지만 특유의 뚝심으로 한 우물을 열심히 팠고 사업은 다행히 안정권에 진입

아저씨, 록밴드를 결성하다

꼭 저녁에
밥을 먹어야 한다는
법칙은 없어요.
밥 말고도 더
재밌는 일이 있으면 굶고
내일 아침에 먹어도 되는 거잖아요.

했다. 결과보다는 과정을 중시하고 사람을 얻으려고 노력하던 그의 행동이 결실을 맺은 것이다.

"직장에 있으면 한 가지 생각밖에 못하게 돼요. 틀을 벗어나지 못하죠. 꼭 저녁에 밥을 먹어야 한다는 법칙은 없어요. 밥 말고도 더 재밌는 일이 있으면 굶고 내일 아침에 먹어도 되는 거잖아요. 삼시 세끼를 다 먹을 필요도 없어요. 하루 정도 밥 굶는다고 죽진 않아요. 배가 안 고프면 밥을 먹지 않아도 된다니까요. 근데 사람들은 그걸 잘 모르는 거 같아요."

기업에서 과장이나 차장 자리 정도에 있는 또래 친구들을 만나면 갑갑한 맘이 들 때가 한두 번이 아니다. 아직까지는 서로에 대한 경쟁

심리가 치열한 때라 함께 있는 것만으로도 스트레스를 받는다.

"만날 똑같은 얘기만 하는 게 지겹게 느껴져요. 청약예금, 주식, 아파트 평수 넓히기……. 한 번 정도는 얘기할 수 있어요. 중요한 문제 이기도 하니까요. 하지만 오래간만에 친구들 만났는데 매번 이 얘기만 주구장창 듣는다고 생각해 보세요. 길지도 않은 인생인데 다른 얘기 하면서 즐겁게 살 수 있잖아요. 집 있는 사람이 있으면 집 없는 사람이 있는 게 당연한 거죠. 모든 사람들이 다 자기 집을 갖겠다고 아등바등 살면 얼마나 안타까운 일이에요. 에너지가 너무 낭비되는 느낌이 들 어요."

평범한 생각과 삶이 싫다는 그의 말은 그저 말로 그친 것이 아니 다. 사업상 골프를 쳐야 할 때도 있지만 그는 아직까지 골프채를 손에 잡은 적이 없다. 남들 다 하는 취미를 굳이 나까지 해야 할 필요성을 못 느끼기 때문이다.

"골프 치시는 분들이 보면 무식하게 뛰어다니고 날아다니는 저희 들이 웃긴 놈들이겠죠. 그래도 왠지 골프에는 거부감이 있어요."

김광식 씨의 결혼식은 공중파 채널을 통해 방송이 됐을 정도로 화 제를 모았다. 결혼식을 물속에서 치렀기 때문이다. 지금이야 수중결혼 식이 흔한 일이 될 정도지만 10년 전만 해도 처음 시도되는 일이라 세 간의 관심을 샀다.

"제가 해병대 출신이잖아요. 바다를 워낙 좋아해서 스쿠버 다이빙 에 푹 빠져 있었어요. 자연스럽게 데이트도 스쿠버 다이빙으로 대체했고, 결혼식도 수중에서 치르게 됐어요. 아내는 불만이 없냐고요? 제가 워낙 유별난 거 아니까 별 말 없이 잘 따라 주는 편이에요. 아니, 이젠 포기했다고 해야 하나요. 패러글라이딩을 한다고 하니까 다음에는 뭐 할 거냐고 묻더라고요. 사실은 경비행기를 할까 생각 중인데 비용이 너무 많이 드는 레저다 보니 아내 눈 돌아갈까 봐 말 못했어요."

수중결혼식……
갖출 건 다 갖추었다.

# 186회의 비행
# 그리고
# 160킬로미터 날아가기

패러글라이딩이 그저 높은 곳에서 뛰어내려서 근처 착륙지에 안착하는 낙하산 정도의 레저라고 생각하면 큰 오산이다. 후진할 수 없다는 것만 빼놓으면 자동차와 똑같이 좌회전, 우회전, 브레이크 모두가 가능한 이동 수단이다. 김광식 씨는 얼마 전 용인 활공장에서 시작해 여주까지 30킬로미터를 날았다. 단 두 번의 열 기류를 탔을 뿐이지만 공기와 바람은 그를 여주까지 날려 버렸다.

"패러글라이딩은 그렇게 간단한 레저가 아니에요. 그러니까 일주일에 두 번 정도의 비행이 필요한 거죠. 눈에 보이지 않는 기상을 예측하고 그 도움을 받아 날아가는 것이니 많은 공부와 준비가 필요해요."

혼자서 몇 시간 동안 누구의 도움도 없이 하늘에 떠 있어야 하는 스포츠. 웬만한 강심장이 아니면 할 수 없는 일이다. 철저한 공부와 계산 없이 비행에 나섰다가는 낭패를 보기 십상이다.

"아침에 이륙해서 11시간 동안 비행을 했으니 화장실도 못 가죠. 밥도 못 먹죠. 혼자만의 싸움이에요. 언제 어디에 떨어질지 모르니 지

**아저씨, 록밴드를 결성하다**

갑에 서울행 택시 값 정도는 꼭 들고 다녀야 해요. 초보자였을 때 30미터짜리 나무 위에 걸려서 고생했던 적이 있거든요. 뜬금없이 하늘에서 날아와 착륙하는 절 어리둥절하게 쳐다보는 행인들과 마주칠 때도 의연하게 대처해야 하는 방법을 익혀야 해요."

시골 논밭에 착륙한 패러글라이더를 북한 첩보원으로 오인해 신고하는 경우도 왕왕 있다. 장시간 비행으로 하늘에서 볼일을 봤다는 이야기나 야산에 떨어져 죽을 고비를 넘긴 에피소드 등은 패러글라이더들 대화에서 자주 나오는 소재다.

열 기류를 찾고 상승 기류를 타는 방법이 그리 쉬운 일은 아니다. 수십 번 수백 번의 연습을 통해 얻어지는 결과다. 그래서 그는 패러글라이딩이 기다림의 미학을 알려 주는 레저라고 이야기한다.

"이렇게 골프를 쳤으면 준프로는 됐을 거예요. 패러글라이딩은 흐르는 물에 그리는 수채화라고 표현할 수 있을 정도로 더디게 실력이 늘어요. 하지만 열 기류를 만나 멀리 날아갈 때의 희열은 말로 표현할 수 없을 정도예요. 하늘 위를 가만히 날아다니면서 산과 들을 바라보고 사람 사는 모습을 볼 때면 제가 신선이라도 된 것같이 이상한 느낌이 들어요. 속세의 짐을 벗어던질 수 있다고나 할까요. 비행할 때는 전화도 일절 받지 않습니다. 나만의 시간에 방해받고 싶지 않거든요."

지난 2년 동안 186회의 비행을 한 그의 최종 목표는 강릉이다.

"클럽에서 어떤 분이 160킬로미터를 날아서 봉황까지 가셨어요. 이 기록을 깨는 게 목표예요. 태백산맥을 지나 강릉까지 가는 거죠. 하늘을 나는 그 희열, 정말 대단하거든요. 날아 보지 않은 사람은 알 수 없는 느낌이죠. 혼자 이륙해서 여주까지 날아가는데, 세상에 아무도 없고 나만 있는 거예요. 믿을 건 나밖에 없죠. 그동안 배운 지식과 내 감을 믿고 가는 거죠. 용인에서 출발할 때는 기체가 많이 떠 있으니까 안심이 됐는데 점점 무리에서 멀어지고, 결국 혼자가 됐어요. 망망대해에 혼자 떠 있는 느낌이 이럴까요. 정말 무섭지만 그 무서움 못지않게 성취감이 굉장히 커요. 땅에 내려갈 때까지 일절 다른 생각은 안 합니다. 그 스릴만 즐길 뿐."

혼자서 하늘을
160킬로미터
날아가는 느낌이란……

# 열심히 일한 사람만 '놀아라'

자수성가한 사람들의 화법은 직선적이다. 세상과 온몸으로 부딪혀 얻은 자신만의 노하우는 확신에 차 있고 자신감을 불어넣어 준다. 김광식 씨 역시 자신의 생각에는 확고한 믿음이 있었다.

"일하지 않고 능력 없는 사람이 레저 생활을 즐긴다는 건 말도 안 되는 일이죠. 저는 대충 유산 받아서 회사 차리고 돈 번 사람이 아니에요. 고등학교 졸업 후 정말 열심히 일하면서 살았기 때문에 저에 대한 상으로 '놀아도 된다.'고 허락한 거예요. 뭔가를 즐기기 위해서는 그 전에 그런 능력을 만들어야죠. 능력도 없으면서 먼저 놀 궁리만 한다면 놀부 심보죠."

아무리 그래도 2년 동안 장비를 세 번이나 바꾸고 2,000만 원 정도를 패러글라이딩에 투자했다니, 보통 사람으로는 꿈도 꿀 수 없는 액수다. 하지만 김광식 씨도 할 말은 있다. 돈이 많아서 패러글라이딩을 즐기는 사람도 있겠지만 다른 데 쓸 돈을 아껴 가며 장비를 구입하는 사람도 있기 때문이다. 남자들의 경우 술이나 도박으로 돈을 탕진하는 경우가 많은데 이 돈을 아낀다면 충분히 즐길 수 있는 것이 패러글라이딩이다.

"자동차 동호회에 가면 집은 없는데 차는 BMW 몰고 다니는 친구들이 있어요. 20대 중에 그런 사람들이 많죠. 우리 세대는 이해를 못하죠. 집을 산 후에 차를 사는 게 당연한 거니까. 하지만 그들에게는 집은 필요 없고 자동차가 제일 중요한 거예요. 뭐가 옳은 건지는 본인들 판단에 맡겨야죠. 전 저와 다른 생각이긴 하지만 또 다른 삶의 방식이라고 생각하고 인정하는 편이에요."

그가 맘껏 취미생활에 투자하는 이유는 열심히 살았기 때문인 것 말고 한 가지 더 있다. '인생은 짧다.'라는 그의 철학 때문이다.

"인생의 황금기는 딱 30년이에요. 20대에서 50대까지죠. 더 늙으면 못하는 운동이 많아지고 하고 싶어도 할 수 없는 일이 많아져요. 지금 제가 마흔 살이니까 앞으로 패러글라이딩 같은 레저를 즐길 수 있는 기간은 딱 10여 년밖에 남지 않는 거예요. 돈을 무덤에 쌓을 것도 아닌데 좀 더 젊을 때 해야죠. 더 늙으면 재미없잖아요. 생각해 보세요. 70세가 돼서 제 인생을 돌아봤는데 후회밖에 남는 게 없으면 얼마나 비참하겠어요. 제 과거를 돌이켜 보며 후회하고 싶지 않아요. 그래서 더 나이 들기 전에 하고 싶은 거 다 해볼 생각이에요. 경비행기도 그것 중 하나고요."

# 스스로
# 행복한 사람이
# 좋은 아빠다

철없는 40대, 철없는 아빠, 철없는 남편일 것 같지만 아이들을 생각하는 것만큼은 끔찍하다. 일곱 살 난 딸에 대한 애정은 한도 끝도 없을 정도다. 김광식 씨는 블로그를 통해 비행 일지를 적고 딸에게 보여 줄 요량으로 편지 글도 적어 놓는다. 하루하루 딸에게 미안했던 일이나 딸에게 바라는 점 등을 적어 놓기도 하고 좋은 아빠가 되자는 다짐도 기록해 놓는다.

"온전히 딸을 위한 블로그예요. 비행 일지를 적는 것도 아빠가 이렇게 멋진 사람이라는 걸 딸이 언젠가 알아주길 원하는 맘에서 기록하는 거겠죠. 딸을 위해서라도 비행의 첫째는 안전, 둘째도 안전이에요."

딸과 시간을 많이 보내는 것도 좋은 아빠의 덕목이겠지만 김광식 씨가 생각하는 좋은 아빠는 스스로 행복한 사람이다. 가장인 자신이 삶에 만족하고 행복할 때 가정이 평화롭고 딸 역시 행복감을 제대로 느낄 수 있는 사람으로 자란다고 생각한다.

패러글라이딩이 김광식 씨에게 주는 행복은 어떤 것일까. 해병대 출신인 그에게 심리적으로 가장 큰 안정감을 주는 것은 전우애 비슷한 끈끈한 인연이다. 사회에서 만난 사람들끼리 묻고 따지는 이해관계가 아닌 그저 소주 한잔 기울이며 객기를 부릴 수 있는 사람들과의 만남이 패러글라이딩이 주는 큰 기쁨이다.

"하늘을 난다고, 본다고 해서 사람이 바뀌는 게 아니에요. 패러글라이딩을 해서 사람이 바뀐다면 그건 사람들과의 부딪힘이 만든 변화일 겁니다. 동아리 형, 동생 같은 사이로 1~2년 지내다 보면 끈끈한 우정이 생겨요. 이 유대감이 삶의 윤활유가 되는 거죠."

인터뷰 내내 "패러글라이딩을 무척 해보고 싶다."고 말하는 나에게 김광식 씨는 마지막 한 방을 먹였다.

"하고 싶다, 하고 싶다, 말만 하지 말고 하고 싶은 게 있으면 그냥 하세요. 텔레비전이나 사진 보면서 뭐 사고 싶다, 해보고 싶다 하는 게 얼마나 많아요. 하지만 거의 대부분의 사람들이 말만으로 끝내죠. 그게 문제인 거예요. 두려워하지 말고 하고 싶은 일이 생기면 바로 결단하고 행동으로 옮기세요. 체험 패러글라이딩은 6만 원밖에 안 해요. 그리고 맘에 드는 남자가 생기잖아요. 그럼 바로 행동에 옮기세요. 고민하지 말고 내 남자로 만들란 말이에요. 그게 인생을 행복하게 사는 방법이에요."

클럽에서 어떤 분이
160킬로미터를 날아서
봉황까지 가셨어요.
이 기록을 깨는 게 목표에요.
태백산맥을 지나 강릉까지
가는 거죠. 하늘을 나는
그 희열, 정말 대단하거든요.

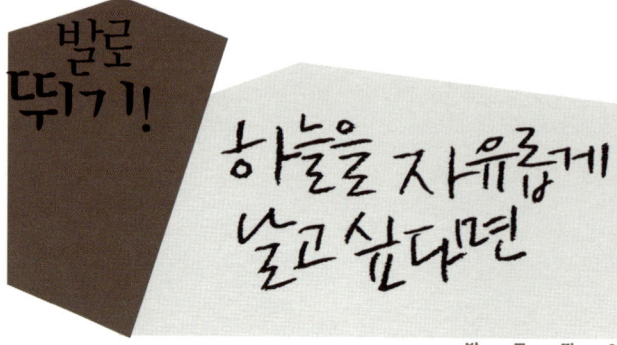

1986년 국내에 처음 도입된 패러글라이딩은 낙하산 (Parachute)의 안정성 및 이동간편성과 글라이더(glider)의 비행성을 접목하여 만든 항공 레포츠다. 역사는 짧지만 하늘을 자유롭게 날고 싶어하는 사람들의 꿈을 손쉽게 이룰 수 있도록 해주기 때문에 벌써 동호인 수는 2만 명을 육박한다. "위험하지 않을까?" "저걸 내가 어떻게 할 수 있겠어." "돈이 무척 많이 들 텐데." 등의 걱정 따위는 접어 두자. 가장 필요한 건 자신감과 도전 정신이다.

패러글라이딩을 즐기기 위해서는 우선 기본적인 패러글라이딩 이론 교육을 받아야 하고, 장비 착용 요령과 각 기능별 사용 요령을 숙지해야 한다. 지상 연습을 하게 되면 실전 비행을 할 수 있다. 일일 체험 코스로 하루 만에 패러글라이딩을 즐길 수도 있으며, 패러글라이딩 스쿨이나 클럽의 교육 프로그램을 통해 더욱 안전하고 체계적인 패러글라이딩을 배울 수도 있다.

패러글라이딩에 입문하려면 한국활공협회(www.khpga.org)가 공인한 학교에서 하는 것이 좋다. 국내에 패러글라이딩 관련 단체는 동호인 클럽을 포함해 300개가 넘지만 한국활공협회가 공인한 곳은 22개뿐이다. 전국 활공장 인근에 학교가 있으며 경기도권에서는 용인, 수원, 화성, 인천 등에 교육 기관이 다수 있다.

학교를 선택하는 방법은 인터넷 검색이 가장 빠르다. 거의 모든 교육 기관에서 인터넷 홈페이지를 운영 중이며 인터넷 커뮤니티 역시 잘 갖춰져 있다. 게시판이나 인터넷에 올려놓은 사진 등을 보면서 교육 기관 분위기가 자신에게 잘 맞는 곳을 선택하는 것이 좋다. 문의 게시판을 운영 중인 곳이 많으니 비용이나 여러 가지 궁금한 사항들을 부담 없이 알아볼 수 있다. 가족 같은 분위기에 가벼운 캠핑이나 회식을 즐기는 곳이 대부분이니 친절하고 따뜻하게 신입 회원을 맞을 것이다.

단독 비행을 하는 데까지는 최소 3개월이 필요하다. 입문 교육은 장비 사용법과 비행 용어를 익히는 4시간의 지상 훈련으로 시작한다. 지상 훈련을 마치면 12~20시간 동안 저지대 이·착륙 훈련을 받으며 점차 고도를 높여 가며 교육을 받는다. 4주차에 이르러서는 200~800미터 비행 훈련을 받는데 교육생은 무전기로 강사의 지시를 받으며 비행한다. 이 과정을 마치면 수료할 수 있다. 초급자의 교육은 30만 원에서 40만 원 선이며 일일 체험 코스는 6~8만 원 선이다.

비행에는 기체(캐노피), 하네스(낙하산에 연결하는 의자), 헬멧, 방한복, 비행화, 무전기, 고도계 등이 필요하며 풀세트로 약 350만 원 정도면 구입할 수 있다.

패러글라이딩은 초경량 비행 장치 가운데 인력 활공기로 분류할 수 있다. 배낭 속에 접어 넣은 무게가 4~8킬로그램밖에 안 될 정도로 가벼운 게 가장 큰 장점이다.

산 정상이나 능선에서 10미터 가량 도움닫기를 한 뒤 비행하면 되는데, 평균 시속이 40~120킬러미터나 되는 행글라이더와는 달리 평균 시속이 20~40킬로미터밖에 안 돼 안정성이 높다. 보통 해발고도 10미터 높이에서 날기 시작하면 40~50미터 가량을 비행할 수 있다. 바람은 초속 3~6미터 정도로, 작은 나뭇가지가 흔들리기 시작하는 정도일 때가 가장 멀리 날아가기에 좋다. 운이 좋고 비행 실력마저 수준급이라면 1,000~2,000미터 고도까지 올라가기도 한다. 1~2시간 동안 하늘에 머무는 일쯤은 보통. 고수들은 경기도 유명산에서 강원도 홍천, 심지어 동해까지 날아가기도 한다.

# 태평양이
# 내 무덤이 된다 해도

이명훈(1958년생)
● 현 국제 관광 전람회 전문 대행사 KOTFA 부사장

# 돌아이 중년은
# 의외로 많다

"나만 '돌아이'가 아니던데요?"

산전수전 다 겪어 본 '광고쟁이'는 인터뷰 첫 멘트도 강렬하게 띄웠다.

"나 같은 베이비붐 세대는 취미를 갖는다거나 자신에게 투자하는 삶의 방식을 아예 모르는 줄 알았어요. 근데 그게 아니더라고요. 그런 식의 삶의 방식이 간절했던 나 같은 돌아이들이 의외로 많더라고요. 취미생활에 대한 트레이닝을 받지 못해서 그렇지 다들 그런 욕구는 있는 거죠."

세계적인 광고회사 'JWT(제이월터톰슨)' 애드벤처의 부사장을 지낸 이명훈 씨는 직함이 무색할 정도로 직설적인 화법을 구사했다. 이명훈 씨의 방은 그의 성격을 잘 대변해 줬다. 먼지 하나 없는 다른 임원실과 달리 그의 책상에는 각종 서류들로, 재떨이에는 꽁초들로 가득했다. 회사에서 내주는 차도 이명훈 씨 것만 SUV다. 다른 임원들은 전부 반짝이는 검정색 세단을 타지만 언제든지 여행을 떠날 준비가 돼 있는 그는 회사에 특별 요청해서 SUV를 지급 받았다. 기사 없이 손수 몰고 다니는 것은 물론이다.

"힘들 땐 훌쩍 여행을 떠나야죠. 바닷가 절벽 위에서 제 차 뒷문을 열어 놓고 밤에 별 보며 음악을 듣고 책을 보는 기분이 어떤지 아세요? 나만의 고요함 속에서 글을 쓴다든지, 그림을 그린다든지, 아이디어를 얻는다든지 여러 가지 일들을 하죠. 천국이 따로 없어요."

이명훈 씨는 한국 광고계의 산실이라 일컬어지는 오리콤에서 1983년부터 광고 일을 시작했다. JWT 애드벤처 부사장이 되기까지 무려 26년이란 세월을 광고계에 있었던 셈이다. 하루가 멀다 하고 유행이 바뀌는 광고계에서 뚝심 있게 버텼고 실력으로 인정받았다.

"광고쟁이의 삶은 치열해요. 광고계에서 2등은 아무것도 아니거든요. 경쟁 PT에서 1등 이하는 그냥 죽는 거예요. 이렇게 30년을 살았어요. 정말 치열하게 살았다고 생각해요. 더는 할 수 없다는 생각이 들 정도로 체력의 한계까지 가봤고, 그냥 미친 듯 일했다고 생각해요. 근데 이것도 젊은 시절의 좋은 추억이죠. 이제 일에 대한 미련이나 아쉬움은 없어요."

# 골프보다
# 요트가
# 싸게 먹힌다고?

자신을 '돌아이'라고 칭하는 그의 취미생활은 바로 요트, '세일링
(Sailing)'이다. 세일링은 한국에서 잘 알려지지 않은 취미활동이다. 진
입장벽도 높고 비용도 만만치 않기 때문이다. 한국에서 생소한 취미생
활이다 보니 오해나 편견에 부딪치는 일이 많지 않느냐는 질문에 호쾌
한 대답이 돌아온다.

"저 정말 열심히 살았거든요. 그 정도는 할 수 있어야 되는 거 아
닌가요. 그래요, 전 재벌도 아니고 오너도 아니고 월급쟁이에요. 하지
만 취미로 요트를 못 탈 정도는 아니라고 생각해요. 와이프한테도 선언
했어요. 내가 30년 동안 이 정도로 열심히 살았으니 취미생활은 하고
싶은 거 하겠다고요. 기러기 아빠들 보세요. 애들 미국이나 영국에 유
학 보내면 일 년에 얼마가 들겠어요. 그걸 왜 자신에게 못 쓰는 거죠?
물론 와이프 몫은 따로 챙겨 놓고 해야겠죠. 처자식은 영원히 남편 책
임이니까. 하하."

골프에 대한 염증도 취미생활을 요트로 바꾸는 데 한몫했다. 한때

낭만은 죽지 않았다
다만 모른 체했을 뿐이다

골프에 미쳐서 살 때도 있었지만 한 번 필드에 나갈 때마다 돈 100만 원이 우습게 깨지는 현실이 어느 순간 짜증이 났다.

"한국에서 골프 치는 건 돈을 갖다 들이붓는 것과 같아요. 저 같은 월급쟁이가 회사 돈 아니고서야 골프 치는 걸 취미생활로 삼을 수 있겠어요? 사실 대한민국에서 골프장만큼 시원하게 뻥 뚫린 곳이 어디 있어요. 가면 기분 좋지요. 하지만 미국이나 호주, 동남아에 비해서 요금이 너무 비싸요. 각종 세금은 왜 그렇게 많은지. 골프에 비하면 요트는 저렴하다고 할 수 있어요."

취미가 요트지만 이명훈 씨는 정작 자신 소유의 배가 없다. 그 대신 한강의 '700 요트 클럽' 회원으로서 배를 빌려 타기도 하고 지인의 소개 등으로 타기도 한다. 아는 사람이 없다고 해서 두려워할 필요는 없다. 즉석 현장 만남에서도 말만 잘하면 공짜로 동승할 수 있는 기회는 얼마든지 있기 때문이다.

"저도 한국에서 처음 요트를 탔을 때 선장하고 즉석 만남으로 동승한 거였어요. 부산, 창원, 마산 같은 곳에는 저희 나이 또래 친구들끼리 돈을 모아 요트를 사요. 광양제철 근로자들도 네댓 명이 돈을 모아 요트를 산다는걸요. 400만 원씩 5명이 내면 2,000만 원이죠. 20년 된 일본 중고 요트는 그 가격에 살 수 있거든요. 요트는 어차피 팀으로 타는 거기 때문에 취미생활이 맞는 친구들끼리 돈을 모아서 구입하면 어렵지 않게 요트를 구입할 수 있어요. 콘도 하나 분양 받는다고 생각하면 정말 싼 거죠. 요트 안에서 모든 걸 해결하니까 추가 비용도 거의 없

**콘도 하나 분양 받는다고 생각하면 정말 싼 거죠.**

다니까요."

시각을 달리하고 얘기를 들어 보니 갑자기 요트가 만만하게 느껴지기 시작했다. 안산시 탄도항에 있는 '한국 크루즈 요트 협회'에 가입비 10만 원을 내고 전화 문의만 하면 요트를 공짜로 탈 기회는 언제든지 열려 있다.

"'주말에 나가는 배 있냐?'고 물으면 '어느 배를 타라.'고 얘기해 줘요. 음료수 사들고 가서 선장에게 인사하고 고맙다고 말하면 끝이에요. 요트 타시는 분들이 매너가 참 좋거든요. 요트를 확산시키고 활성화시키자는 취지에서 초보들이 와서 구경하고 배우려고 하는 걸 대환영하는 분위기예요."

그렇다면 20년 된 일본 중고 말고 어느 정도 가격대면 안전하고 예쁜 신형 요트를 가질 수 있을까?

"제대로 된 건 한 5억 원 정도 되죠. 40피트 정도 되는 거면 2억 5,000만 원 정도 하죠."

그의 명쾌한 대답에 갑자기 만만했던 요트가 눈앞에서 멀어져 가는 느낌이 드는 건 어쩔 수 없는 일이었다.

낭만은 죽지 않았다
다만 모른 체했을 뿐이다

# 나를 겸손하게 만드는 '세일링'

요트 세일링은 여러 가지 매력을 가지고 있다. 혼자서는 요트를 띄우기 힘들기 때문에 다른 사람들과 함께해야 한다. 시간도 오래 걸리다 보니 대화도 많아지고 자연스럽게 한 배에 탄 사람들과 친해질 수밖에 없다. 여러 가지 또 다른 매력이 있지만 이명훈 씨가 꼽는 세일링의 멋진 점은 겸손함과 참을성을 길러 준다는 것이다.

"자동차는 발끝, 손끝만 까딱이면 내 맘대로 움직입니다. 순간순간 방향을 틀 수도 있고 속도도 마음대로 낼 수 있지요. 하지만 배는 다릅니다. 바람이 뜻대로 움직이는 거지요. 플레이의 주도권을 쥐고 있는 건 제가 아니라 바람과 해류입니다. 제가 할 수 있는 일은 자연에 순종하면서 적절히 활용하는 거죠."

원래 성격이 급했던 이명훈 씨는 세일링을 배우면서 참을성과 겸손함을 몸으로 체득했다. 세일링은 기술 하나하나가 목숨과 연관된 중요한 것들이 대부분이다. 바다에 빠져 죽은 선배들이 목숨과 바꿔 챙긴 교훈들을 모두 숙지하고 잘 지켜야만 한다. 밧줄의 매듭을 묶는 방법에도 생명이 오고 간다.

이명훈 씨는 갑자기 책상 서랍에 있던 밧줄 두 개를 꺼내더니 한 번에 풀 수 있으면서도 어떤 일이 있어도 풀리지 않는 매듭을 만들어 보라고 한다. 쭈뼛거리자 정말 말처럼 한 번에 풀 수 있으면서도 어떤 일이 있어도 풀리지 않는 매듭을 만들어 보였다. 눈 깜짝할 사이에 말이다.

"투명한 비닐로 불을 피울 수 있는 방법이 있어요. 물을 채워 볼록 렌즈를 만들고 햇볕을 투과시키면 간단해요. 바로 연기가 올라오거든요. 사람들이 요트를 너무 어렵게 생각하고 엄두조차 못 내는 경우가 많은 거 같아요. 하지만 제 생각에는 이쪽으로 접근해 볼 기회를 못 가져서 그런 거라고 생각해요. 막상 부딪혀 보고 알게 되면 그렇게 비용이 많이 든다거나 상류층만이 즐기는 취미가 아니거든요. 요트의 매력을 알게 되면 푹 빠지실 거예요."

# 꿈의 닻을
# 내린 노후는
# 두렵지 않다

"'삼식이'라는 말 아세요?"

뜬금없는 질문에 대답을 못하자 젊은 사람이 이런 것도 모르냐며 타박이 돌아왔다.

"집에서 한 끼도 안 먹는 남편은 영식 님, 집에서 한 끼 먹는 남편은 일식 씨, 집에서 두 끼 먹는 남편은 두식 군, 집에서 세 끼 꼬박 챙겨 먹는 남편은 삼식이래요. 은퇴한 남편이 바깥출입을 안 하고 부인을 못 살게 군다고 해서 나온 말이라고 하는데 모르셨어요? 요즘 저희 또래 남자들에게는 이 얘기가 화젠데."

이명훈 씨는 은퇴 후 설계를 이미 끝마쳤다. 요트와 함께 여생을 보낼 계획에 스케줄은 이미 꽉 찬 상태다.

"요트가 제 노후대책이에요. 제 나이 50이 넘었으니 이제 집으로 돌아가는 건 금방이겠죠. 그렇다고 하루 종일 집구석에 있으면 누가 예뻐하겠어요. 와이프도 와이프만의 삶이 있잖아요. 요트가 좋은 게 숙식이 가능하다는 점이에요. 우리나라는 삼면이 바다라서 각각의 바다마

아저씨, 록밴드를 결성하다

다 맛이 다 달라요. 남해는 섬들 때문에 아기자기한 맛이 있고, 동해는 뻥 뚫린 원양 항해 느낌이 있고, 서해는 잔잔한 호수 같아요. 인천에서 배를 띄워 군산까지 가서 하룻밤을 보내고, 다음 날은 목포까지. 여수, 통영, 부산 돌고 시간 되면 중간에 섬에 가서 닻 내리고 쉬었다 가고, 뭐 이런 것만 해도 세월 잘 가지 않겠어요? 우리나라에 섬이 3,000개가 넘는다더군요. 하루에 한 군데씩만 머물러도 10년은 걸리겠죠. 한적한 무인도에 닻을 내리고 상륙해서 망원경으로 별 보며 밤을 새우는 꿈을 그려 봅니다."

가족과 떨어져 있길 원하는 건 아니지만 바다를 두려워하는 와이프에게 억지로 취미생활을 강요할 수는 없는 노릇이다. 성악을 전공한 와이프는 교회 봉사활동과 성가대 활동을 좋아하고, 플라워 디자인과 바리스타를 취미로 하고 있다. 독립적으로 자신이 좋아하는 일을 하는 데 익숙한 부부는 노후가 두렵지 않다.

"제 꿈은 요트로 세계 방방곡곡을 돌아다니는 거예요. 한번은 아들을 데리고 완도 여행을 가서 속마음을 털어놓은 적이 있어요. 술을 마시면서 '아들아, 아버지는 언젠가 때가 되면 요트로 태평양을 건널지도 모르겠다. 설사 내가 물에 빠져 죽었다는 소식을 들어도 절대로 울지 마라. 축하해 줘라. 아버지가 정말 원하던 일을 하다가 떠난 거니까.' 그랬더니 아들이 '그래도 아버지가 돌아가셨는데 어떻게 안 우냐.'고 대답하더라고요. 그래서 전 이렇게 말했죠. '난 정말 행복하게 죽었을 거다. 정말로 내가 하고 싶은 거 하다가 가는 거니까.'"

한적한 무인도에
닻을 내리고 상륙해서
망원경으로
별 보며 밤을 새우는 꿈……

# 시간이라는 그릇에 무엇을 채울 것인가

이명훈 씨는 엘리트 코스를 차근차근 밟아 성공한 사람이지만 삶에 대한 시각은 그런 사람들과는 조금 달라 보였다. 어떻게 보면 이기적인 가장일 수도 있고 방랑벽이 있는 보헤미안 같기도 했다.

그런데 그 역시 대학에 입학하기까지는 정해진 틀에서 크게 벗어나지 않는 학생이었다고 한다. 자신이 의사가 되길 바라는 아버지의 뜻에 따라 의대 진학을 꿈꿨던 모범생이었다.

"군대 경험이 제 삶을 바꾼 큰 계기가 됐어요. 1979년에 JSA에서 2년 반 동안 군대생활을 시작했습니다. 박정희 대통령이 암살당하고 나라 분위기가 난리도 아니었죠. 군대에서 여러 가지 작전으로 죽는 애들도 많았고 자살한 친구들도 많았습니다. 군대 생활 중에 의무 통역을 맡은 적이 있는데, 사망한 병사들의 시신을 처리하는 것도 제 일이었죠. 여러 구의 시신들을 처리했지만, 그중 늙어서 죽은 사람들은 한 명도 없었습니다. 저 자신도 여러 차례 죽음의 고비를 넘다 보니 인생이란 게 '고도리 판에서 밑천 다 잃고, 개평 몇 푼 받아 다시 판에 끼었는데 동틀 때쯤부터 '끝발'이 돌아 본전을 찾고도 몇 푼 더 딴 경우'란 생각이 들더라고요. 별로 아까울 거 없지 않겠어요. 결국 사람은 시간이라는 변수를 극복할 수 없어요. 내 삶에 주어진 시간이라는 그릇을 어떤 방식으로 채워 가느냐가 다를 뿐이지요."

대학 때까지 조건이 비슷한 사람들과 함께 아등바등 경쟁하면서 살아왔던 그에게 군대에서 만난 동료들은 삶에 대한 새로운 시각을 안겨 줬다. 논산 훈련소에 입소해서 수용 연대에서 처음 만난 50명의 대원 중 대학을 다니다 온 사람은 단 3명에 지나지 않았다. 자기 또래 중에도 대학을 못 가는 사람들이 많다는 건 알았지만 실제로 현실이 어떤지 알 수 있었다.

"충격이었죠. 실제로 제가 살아왔던 세상과 전혀 다른 세상이 존재하고, 사람마다 사고방식은 모두 다르더라고요. 전 시골에서 농사짓는 사람, 공장에서 일하는 사람들을 잘 몰랐습니다. 물론 머리로야 알고 있었지만 피부로 접하면서 가슴으로 느낄 기회는 갖지 못했던 거죠. 하지만 머리가 아니라 가슴으로 느끼는 사람들과의 어울림에서 큰 가르침을 얻었습니다. 야전삽으로 참호를 파는데 다른 애들은 잘만 파서 숨어요. 저만 못 파는 거예요. 대학에 들어가기 위한 시험 점수는 제가 다소 높았더라도 전쟁 나면 제일 먼저 죽는 게 저겠더라고요."

겸손한 시각으로 삶을 바라보게 되니 다양한 사람들이 눈에 들어왔다. 자신의 삶 역시 한 길만 있는 것이 아님을 알게 됐고 이때부터 이명훈 씨는 여행을 즐기는 보헤미안이 됐다.

"동해바다로 훌쩍 여행을 떠나요. 대학 시절부터 스쿠버 다이빙을 배우면서 바다의 매력에 빠져들었던 것 같습니다. 저녁에 고기잡이배가 들어오면 어부들과 이런저런 얘기를 나누죠. 회도 공짜로 얻어먹고 소주잔도 기울이고, 그러다 보면 이 사람들이 자기네 집으로 가자고 해요. 밤에 갑작스런 손님이 싫을 만도 한데 어부 마누라는 짜증 한 번 내지 않고 술상을 봐주는 거예요. 그렇게 아침에 일어나면 같이 배를 타고 또 두런두런 사는 얘기를 하죠. 이게 여행이죠. 그러다가 다음번에 같은 곳을 찾게 되면 그분 댁 어린애들에게 학용품이라도 사다 줍니다. 아기가 있는 집이면 아기 옷이라도 사 들고 가고요. 매번 여행마다 어떤 사람을 만날지, 어떤 새로운 경험을 하게 될지 늘 설레요."

바다를 좋아하고 여행을 좋아하는 그에게는 요트가 인생 최고의 동반자처럼 느껴졌다.

# 50세,
# 인생의 황금기는
# 그때다

자신의 은퇴를 기다리는 사람이 얼마나 될까 싶지만 이명훈 씨는 달랐다. 오히려 은퇴 후 인생의 황금기가 시작된다고 설명했다.

"인생을 몇 등분 할 수 있다고 생각하세요? 인도에서는 인생을 총세 토막으로 나눈대요. 그들이 생각하는 가장 이상적인 삶이란, 어려선부모 슬하에서 배우고, 성인이 되면 결혼해 부모 자식을 챙기고 마지막단계에서는 모든 재산을 아들에게 물려주고 훌훌 떠나서 수도자의 삶을 사는 거죠. 모든 것을 내려놓고 탁발하면서 신과 인생에 대해 명상하며 살다 가는 거죠. 저는 우리들의 인생이 네 토막이라고 생각해요. 100년을 산다고 하니 25년씩이잖아요. 부모님 슬하에서 교육받으며 세상에 나올 준비를 하는 데 25년, 세상에 나와서 직업을 갖고 가정을 이루며 열심히 살아야 하는 25년, '하고 싶은 일'보다는 '해야만 하는 일'들이 우선될 수밖에 없는 시기죠. 부모님을 살펴 드리고 처자식 돌보면서 쉽지 않은 생존경쟁 속에 치열하게 살아야 하는 시기죠. 50세에 삶의 세 번째 토막이 시작되는 것 같습니다. 세 번째 토막은 정말 저에게

**아저씨, 록밴드를 결성하다**

중요합니다. '내가 하고 싶은 일'을 맘껏 할 수 있는 시기거든요. 정말 하고 싶었지만 뒤로 미뤄 둘 수밖에 없었던 것들을 맘껏 해봐야죠. 지금 제 나이가 황금기의 시작이에요. 70대 중반을 넘겨 삶의 마지막 토막이 되면 더욱더 많이 베풀고 나누면서 모든 것을 내려놓고 하느님 품에 안길 준비를 갖추어 가야겠죠.

아들아, 아버지는
언젠가 때가 되면 요트로
태평양을 건널지도 모르겠다.
설사 내가 물에 빠져
죽었다는 소식을 들어도
절대로 울지 마라.

발로뛰어찾는생생정보

요트라는 단어 자체에서 스멀스멀 기어 나오는 '럭셔리함' 때문에
많은 사람이 취미생활로 요트를 떠올리지조차 못한다. 그렇다. 요트가 비싼 것은 사실이다. 하
지만 한국만큼 요트를 저렴하게 즐길 수 있는 나라도 없다. 요트 인구가 워낙 적다 보니 말만
잘하면 공짜로 요트를 탈 수 있기 때문이다.
이명훈 사장 역시 '고맙다.'는 말 한마디로 요트 시승을 하고 요트와의 인연을 맺었다. 요트에
관심이 있다고 해서 무턱대고 프라이빗 요트 클럽에 가입한다든가, 요트 가격을 알아보고 나자
빠지기보다는, 우선 탑승을 해보라고 권하고 싶다.

대표적으로, 말만 잘하면 고급 요트를 태워 주는 인심 좋은 곳은
'한국 크루저 요트 협회'다. 서울에서 한 시간 거리인 대부도(탄도)에 20여 척의 크
루저 요트를 보유하고 있는 협회로 요트의 대중화를 위해 노력하는 곳이다. 이곳의 회원이 되
려면 10만 원의 회비를 내야 하지만 10만 원으로 얻을 수 있는 고급 정보와 경험은 무궁무진하
다. 일단 전화로 주말에 출항하는 요트를 알아본 뒤 선장에게 고맙다는 마음의 표시로 줄 음료
수를 준비해 가면 된다.

1~5인승 소형 요트인 '딩기(dinghy)'는 한강 난지 시민공원에 위치한 '해마루',
'호비 클럽' 등 딩기 동호회에 가입해 배울 수 있다. 딩기는 선실이 없는 비교적 가벼운 소형 요
트로 클래스는 다르지만 한강 위에 많이 떠 있는 윈드서핑을 연상하면 이해가 빠르다. 딩기의
경우는 몸 전체로 무게중심을 잡아야 하기 때문에 운동 효과가 크다. 복근을 많이 써야 해서 뱃

살을 빼는 데도 도움을 준다.

선체가 비교적 큰 크루저 요트는 일본이나 중국을 방문하는 등 장거리 항해를 할 수 있다. 크루저 요트는 침실과 주방, 화장실 등을 갖춰 배에서 생활하는 것이 가능하다.

**개인이 배를 구입해 즐길 수도 있다.** 중고 딩기의 가격은 200~600만 원 정도. '서울시 요트 협회'는 월 5~8만 원의 보관료를 받고 딩기를 보관해 준다.

6~15인승 크루저 요트는 한강에 있는 '700 요트 클럽'에서 체험 세일링(성인 3만 5,000원, 어린이 2만 원)을 하거나 임대(2시간 기준 20~30만 원)할 수 있다.

특히 클럽하우스 레스토랑에서 돼지고기 바비큐 뷔페나 쇠고기 해산물 뷔페를 즐기고 요트에 탑승해 한 시간 동안 한강을 둘러보는 패키지 프로그램이 인기다. 탑승 요트는 크루저급 고급 세일링 요트 '윌더니스'. 길이 10미터, 폭 6미터 쌍동선이기 때문에 일반 크루저에 비해 한층 넉넉한 공간을 만끽할 수 있다. 10인 이상일 경우 이용이 가능하며 보통 2주 전 사전 예약을 기본으로 한다.

**대중 요트보다 럭셔리한 전용 요트를 원한다면** 5~20억 원에 달하는 고가 요트 이용권을 여러 명이 함께 쓸 수 있는 프로그램이 있다. 대표적인 곳은 서울 한강 잠원 지구에 새로 개장한 '노블리제 요트 소사이어티' 다. '서울시 요트 클럽'에 들어선 고급 클럽하우스에 '채퍼럴 350'과 전장 12미터짜리 양동선 '라군 380'을 구비했다. 10~13명이 한강을 순항하며 선상 파티를 열 수 있도록 고안된 고급 요트다.

**바다 요트에도 공동 이용 프로그램이 있다.** 인포마린 사업부의 회원제 프로그램을 이용하면 연 100만 원에 20억 원짜리 크루저급 호화 요트의 주인이 될 수 있다. 선원 급

여, 보험, 정박료 등 관리 비용이 따로 들지 않아 간편하게 고급 요트를 이용할 수 있다는 게 최대 장점이다.

**스키퍼(선장) 없이 '쿨하게' 혼자 요트 여행을 떠나고 싶다면** 요트 강습은 필수다. 바람과 물길을 읽고 내 손끝에 민감하게 반응하는 요트의 참맛을 알려면 직접 배우는 수밖에 없다.

요트 강습은 어떻게 받을까? 입문 단계라면 '대한 요트 협회' 가맹 전국 17개 시·도협회나 전국 40여 곳에 퍼져 있는 요트 클럽을 통해 체계적인 강습을 받는 게 좋다.

특히 국내 요트 메카인 '부산 요트 협회'는 집중적인 단기 강습으로 유명하다. 주말반과 평일반으로 나눠 딩기 요트 초급·중급과 크루저급 요트 강습 과정이 개설돼 있다.

**요트 잠재 인구가 가장 많은 서울에서는** 요트 총 15척을 보유한 서울 요트 클럽이 활성화돼 있다. 주말반·평일반 6일 교육 과정에 하루 4시간씩 6일 동안 총 24시간 교육이 이뤄진다. 수요가 많다 보니 강습 시간을 유동적으로 조정할 수도 있다.

남국 천혜의 환경을 만끽하며 요트를 배우고 싶다면 '통영 요트 학교'를 찾아보자. 통영 요트 학교는 딩기 5척, 크루저 2척을 보유해 규모는 다른 협회나 클럽에 비해 작은 편이지만 체계적인 강습으로 입 소문을 타고 있다.

집에서 한 끼도 안 먹는
남편은 영식 님, 집에서 한 끼 먹는
남편은 일식 씨, 집에서 두 끼 먹는
남편은 두식 군, 집에서 세 끼
꼬박 챙겨 먹는 남편은 삼식이래요.

# Part 2
# 스타일은 죽지 않았다
# 다만 진짜로 몰랐을 뿐이다

# 섹시한 청년이 될 것인가,
# 그냥
# 아저씨가 될 것인가

아래 10개 문항 중 자신에게 해당하는 것에 동그라미를 쳐보자.


- 가지고 있는 옷 중 70퍼센트 이상이 어두운 색깔의 단색조이다.
- 세안 후 스킨, 에센스, 로션, 아이크림 중 두 가지 이하만 사용한다.
- 외출 시 선크림을 바르지 않는다.
- 브라운 계통의 구두가 단 한 켤레도 없다.
- 헤어 컷 가격은 만 원 이하가 적당하며 남성 전용 미장원을 다닌다.
- 지난 1년간 청바지를 구매한 적이 없다.
- 결혼 준비 때를 빼놓고는 피부 관리실을 방문한 일이 한 번도 없다.
- 한국에서 '브런치'란 걸 먹어 본 적이 없다.
- 빨간색 계열의 넥타이가 하나도 없다.
- 선호하는 캐주얼 브랜드가 3개 이하다.
- 빅뱅의 노래 중 후렴구라도 부를 수 있는 게 하나도 없다.

**아저씨, 록밴드를 결성하다**

해당하는 문항이 5개 이상인가? 미안하게도 당신은 전형적인 아저씨다. 이런 걸로 어떻게 아저씨냐, 아니냐를 판단할 수 있냐고 항변하더라도 결과는 달라질 게 없다. 하지만 당신은 '섹시한 청년'으로 변화할 가능성이 있는 아저씨다. 왜냐면 이 책을 읽고 있으니까.

1부에서 신나고 멋지게 놀 줄 아는 중년들을 만났다면 2부는 자기 자신을 점검하는 시간이다. 2부는 의상, 피부, 성형수술, 탈모, 음식, 술 등 다양한 분야에 걸쳐 중년 남성이 신경 써야 할 혹은 생각해 봐야 할 세련된 매너와 여러 상식들을 추려 내 담았다.

이 책이 제시한 스타일링 법에 따르고 환골탈태해 '꼰대'라는 이미지를 벗을 것인가, 아니면 지금처럼 익숙한 삶의 패턴 속에 있을 것인가는 전적으로 당신 판단이다.

변화할 의지가 없다면 2부는 읽으나 마나 하다. 성형수술을 하라는 말에는 화가 날 수도 있다. 책을 덮어도 좋다. 하지만 1부에서 인터뷰한 멋진 중년들의 모습에 도전해 보고 싶은 어떤 욕구가 생겼다면 조심스럽게 2부를 펼쳐 보자.

2부의 내용은 '스타일'에 관한 것이다. 스타일을 이야기한다는 것은 어렵고 골치 아픈 일이다. 사람마다 스타일에 대한 취향과 판단이 다르기 때문이다. 어떤 사람은 폴로나 버버리 티셔츠를 입는 것이 세련됐다고 생각하고 어떤 사람은 보헤미안 룩을 세련됐다고 생각한다. 다 개인의 취향이다. 서비스업 중 가장 골치 아픈 업종이 바로 '헤어' 부분이다. 원하는 헤어스타일이 고객마다 제각각 다르기 때문에 똑같은 펌을 하더라도 어떤 고객은 대만족을 표시하고 어떤 고객은 환불에 피해 보상까지 요구한다.

2부에서 말하고 있는 스타일은 '20대 여성이 봤을 때' 중년 남성들이 이런 식으로 옷을 입고, 행동한다면 그리고 소비한다면 훨씬 더 멋있고 섹시해 보일 것이란 가치판단이 들어가 있다. 이것을 받아들일지 말지는 여러분의 판단이다.

하지만 감히 눈 딱 한 번 감고 이 책이 권하는 스타일링을 감행해 보라고 권한다. 실행에 옮기지 않고 머릿속에 담아만 둔다고 해도 괜찮다. 이 정도의 상식을 알고만 있더라도 당신은 센스 있는 중년 남성이 될 수 있다. 모르기 때문에 못하는 것과 알면서 선택하는 것에는 큰 차이가 있으니까. 어쨌든 변화를 두려워하지 않을 때 당신은 '청년'이 될 것이다.

"당신은 지금보다 더 멋있고
섹시해 보일 수 있다!"

사진제공 : 엘피피

*Style 1*

외모 가꾸는
남자가
사랑받는다

# Intro...

외모에 대해 한국 남성들이 가지고 있는 자신감은 대단하면서도
용맹하게까지 느껴진다. 세안 후 로션을 바르지 않는 것을
'남자다움'이라고 생각하고, 검은색 옷만 고집하며,
불어나는 뱃살을 인덕이라고 생각하니 말이다.
위의 내용에 어느 정도 공감을 한다면 어서 자리를 고쳐 앉자.
의자 등받이에 기대는 버릇은 뱃살을 더 늘어나게 한다.
허리를 곧추세우고 자신이 왜 외모를 가꿔야 하는지 고민해 보자.

## 외모는 이미 아저씨들이 갈고닦아야 할 비장의 무기가 됐다.

얼마 전 대기업 A사의 직원들은 부랴부랴 옷을 구입하느라 진땀을 뺐다.
다른 계열사에서 임원을 하고 있던 오너의 딸이
곧 자신들의 회사로 발령받을 것이란 소문이 났기 때문이다.
어릴 때부터 후계자 수업을 받은 오너의 딸은 대학 때 의상을 공부한
재원으로 패션 감각이 떨어지는
부하 직원들을 싫어하는 것으로 유명하다.
외모가 딸리는 직원을 옆에 두지 않는 것은 물론이요,
직접 의상에 대해 지적을 할 정도로
비즈니스 룩에 대한 철학을 가지고 있는
경영자였다. 사장, 상무, 부장, 말단 직원 할 것 없이
그녀가 좋아하는 브랜드로 옷 사재기를 한 것은 두말할 필요가 없다.
여성 오너와 일하는 경우가 많아지면서 외모가 주는 경쟁력은
날로 높아지고 있는 게 사실이다. 면접을 앞두고 있는 많은 남성들이

인상을 좋게 하기 위해 성형수술을 받고 피부 관리를 한다는 말은
절대로 떠도는 이야기가 아니다.
중년 남성들에게 외모가 주는 경쟁력은 이들 취업 준비생보다
높으면 높았지 낮지 않다. 차장에서 부장으로,
부장에서 임원으로 승진하는 데 경쟁자보다 젊어 보이면 절대적으로
유리한 고지를 먼저 점령하게 될 것이다.

## '젊음'은 그만큼 사는 데 중요한 조건이 돼버렸다.

다행히 여자는 남자와 달리 외모를 34-24-34의 각선미와
김태희 같은 얼굴만으로 평가하지 않는다.
패셔너블한 넥타이 하나로 모든 것을 용서하는 것이 여자 상사다.
당신들은 여성들보다 훨씬 유리한 입장에 있다.
부인에게 사랑받는 방법도 외모 가꾸기에 있다는 사실을
아는 사람은 많지 않은 것 같다.
한 중년 여성은 남편과 함께 결혼식장에 가는 것을
꺼린다. 대머리인 남편이 답답하다는 이유로 가발 착용을
거부하기 때문이다. 대놓고 남편에게 불만을 털어놓지 못하던 부인은
이제 혼자 결혼식장이나 친구 모임 등을 다니게 됐다.
안 그래도 나이 차가 많이 나는 부부인데 남편이 가발을 쓰지 않으면
재혼한 것 아니냐는 질문을 종종 받았기 때문이다.

## 좋든 싫든 간에 당신은 외모로 평가받는 세상에 살고 있다.

대통령도 쌍꺼풀 수술을 하고, 할아버지도 보톡스를 맞는 시대에
굳이 손해 볼 필요는 없다. 까짓것 외모를 가꿔 주면 되는 거다.
특별한 철학이 있어 '댕기머리'를 해야 하는 것이 아니라면
트렌드에 따르는 것이 이득이다.

衣. *fashion*

## 옷 잘 입는
## 남자가
## 사랑받는다

한국 중년 남성들의 옷 입는 스타일은 굉장히 획일적이기 때문에 조금
만 신경 쓰고 변화를 준다면 단박에 '패셔니스타'로 각광받을 수 있다.

　　거의 대부분 검은색, 회색, 군청색 위주의 어두운 단색조를 선호
하기 때문에 안 그래도 우중충한 얼굴은 더 어두워 보이고, 깔끔한 인
상보다는 산악인에 가깝다는 느낌을 준다. '노스페이스' 점퍼를 똑같이
즐겨 입더라도 유럽에서는 밝은 색상의 독특한 디자인의 점퍼가 많이
팔리는 반면 한국에서는 검은색, 회색이 판매되는 점퍼의 주류를 이룬
다. 색깔만 약간 밝은 톤으로 선택하는 것만으로도 단박에 센스 있는

남성으로 등극할 수 있는 것이다.

'젊은 오빠'가 되기 위해서는 일단 의상에 대한 생각을 고치는 것이 중요하다. "옷이 다 똑같지 뭐. 한 푼이라도 아껴서 가족들을 부양해야지." 하는 생각은 구시대적인 발상이다. 앞서 말했듯이 자신에게 투자하는 이기적인 남자가 사랑받으며 성공도 하는 세상이다. "남세스럽게 무슨 캐주얼이야. 나이에 맞는 옷을 입어야지."라는 생각도 구닥다리다. 나이에 맞춰 구입한 정장이 권위와 무게감을 살려 줄 순 있지만, 젊음을 되돌려 줄 순 없다. 이미 주변에서는 이런 기류를 간파하고 의상 혁명을 시작한 멋진 '꽃중년'들이 있다.

인터넷 쇼핑몰 옥션에 따르면 최근 40대 이상 중장년층 남성의 의류 구매가 폭발적으로 늘어나고 있다. 최근 3년간 '의류·패션' 카테고리의 연령대별 구매율을 조사해 본 결과, 남성 중년층이 해마다 30〜40퍼센트 가량의 빠른 구매 성장을 보이는 것으로 나타났다. 특히 이들 연령층의 의류·패션 구매 비중이 해마다 증가하면서 3년 전에 불과 10퍼센트대를 약간 웃돌던 비율이 2008년에는 전체 의류·패션 카테고리의 23퍼센트까지 확대됐다는 놀라운 통계가 있다.

이 통계는, 아름다운 중년이 되려는 패션 리더들이 소극적인 마음을 바꾸고 적극적인 행동에 나섰음을 의미한다. 특히 이들은 나이보다 젊어 보이는 캐주얼 의류 위주로 카고팬츠나 청바지, 재킷, 과감한 디자인의 니트 등에까지 도전하고 있다.

사진제공 : 폴햄

1949년생 리처드 기어는
여전히 섹시하고 능력 있어 보인다.

# 아저씨는
# 아르마니 청바지를
# 입는다

꽃중년으로 거듭나기 위한 첫걸음은 청바지에서 시작된다. 8년 전 히트 쳤던 "넥타이는 청바지와 평등하다."란 광고 문구를 기억할 것이다. 이 광고가 센세이션을 일으켰던 것은 기득권으로 성장한 386세대와 중년의 허를 찔렀기 때문이다.

사실 지금의 중년은 청바지에 통기타를 매고 독재정권에 항거한 반항의 상징과도 같은 세대다. 하지만 나이가 들고 격식을 따지게 되면서 그토록 즐겨 입던 청바지를 장롱 속에 처박아 두게 됐다. '젊음과 반항의 상징'인 청바지는 이제 자신의 것이 아닌 양 외면하면서 말이다.

하지만 최근에는 넥타이에 반듯한 정장을 입는 대신 청바지에 '옥스퍼드 셔츠'를 입고 출근하는 중년들이 눈에 띄게 늘어나고 있다. 삼성과 SK 등 일부 대기업에서도 캐주얼을 공식 비즈니스 룩으로 채택했다. 청바지를 입고 출근하진 못하지만 어느 정도 얽매인 관습을 깨줬다는 점에서 시사하는 바가 크다.

롯데백화점 전종걸 MD는 "청바지를 찾는 중년들이 2~5퍼센트 정도 증가했으며, 점진적으로 늘고 있는 추세"라며 "특히 나이에 얽매이지 않고 폭넓은 사고와 행동을 지향하는 이들은 젊음의 상징으로 여겨지는 청바지를 통해 자신의 젊음을 과시하려는 욕구가 있다."고 말했다.

하지만 청바지라고 다 같은 청바지는 아니다. 청바지가 젊음을 상징하는 것은 사실이지만 중년이 청바지를 입는 것이 기득권을 내려놓겠다는 의미는 아니기 때문이다. 청바지에도 브랜드에 따라 품위와 권위를 나타낼 수 있다. 청바지에 품위를 찾는 것이 속물처럼 느껴져도 할 수 없다. 나잇값을 해야 존중받는 곳이 한국이기 때문이다. 미중년이 되기란 이래저래 힘든 일이다.

패션 리더 격 중년들은 소위 '동대문표'나 '인터넷쇼핑몰표' 청바지에 도전하는 무모한 소비를 하지 않는다. 여기서 파는 청바지는 밑위 길이(허리선부터 엉덩이 부위 아래 선까지의 길이)가 짧거나 젊은이의 체형에 맞게 대량 생산한 것으로 중년의 체형과 안 맞을 확률이 높기 때문이다.

세븐진, DKNY, 아르마니, 락앤리퍼블릭 등 해외 수입 브랜드를 비롯해 최근 리바이스에서 출시된 고가의 프리미엄 라인 등은 중년 세대도 무난하게 소화할 수 있는 디자인을 겸비하고 있기 때문에 많은 중년 패션 리더들이 선호한다. 직접 입어 볼 수도 있고, 체형에 따라 치수를 줄이거나 늘리는 맞춤 서비스를 제공하기 때문에 맵시를 살릴 수 있다. 이것저것 살피고 골라야 하는 쇼핑 부담을 덜어 주는 서비스다.

패션 홍보 대행사 '예컴' 이숙진 이사는 "중년의 전문직 종사자들은 누구나 살 수 있는 대중적인 청바지보다는 고품격 프리미엄 진을 통해 현재 자신의 안정적인 모습을 보여 주고 싶어한다. 또 특이한 디자인보다는 무난한 라인을 선호한다."고 설명했다.

고가의 예쁜 청바지를 샀다면 이를 더 돋보이게 할 스타일링이 필요하다. 청바지가 아무리 예쁘다고 해도 셔츠나 벨트, 구두 등 매치가 적절하지 않다면 '돼지 목에 진주'가 되고 만다.

돌아온청년
스타일배우기

# 청바지를
# 예쁘게 입는 방법

## 일자 청바지를 고르자

허리나 배가 편할 수 있게 주름을 잡아 고무줄을 덧댄 청바지는 몸통이 굵어 보이고 다리가 짧아 보일
수 있다. 통이 너무 넓지 않고 일자로 떨어지는 '레귤러 스트레이트 핏'을 선택하는 것이 적당하다. 젊은
층이 선호하는 허벅지 부분의 '물빠짐(워싱)' 처리 청바지도 다리가 짧아 보일 수 있으므로 키가 그렇게
크지 않은 편이라면 워싱 처리를 하지 않거나 약하게 워싱된 짙은 컬러의 데님을 선택하는 것이 좀 더
길고 날씬한 몸매를 보여 주는 방법이다.

핏(Fit) : 인체를 통해 표현되는, 의상의 전체적인 디자인
스트레이트 핏 : 일자로 떨어지면서 체형을 그대로 살려 주는 가장 표준적인 핏

## 니트와 청바지의 매치는 고급스럽다

청바지에 티셔츠만 입기에 민망하다는 생각이 든다면 좀 더 고급스럽고 단정하게 스타일링을 하자. 가장
좋은 아이템은 니트다. 소재가 좋은 니트는 고급스러워 보일 뿐만 아니라 깔끔한 느낌을 준다.
브이넥 니트에 셔츠를 같이 매치해 코디하면 좀 더 단정한 느낌을 준다.

## 캐주얼 재킷과 청바지로 비즈니스 룩을 완성하자

캐주얼 재킷에 청바지를 매치하면 비즈니스 캐주얼로도 손색없는 스타일링을 완
성할 수 있다. 재킷 안에는 넥타이를 하지 않고 스트라이프 셔츠를 입거나 단정
한 무지 티셔츠를 입는 것도 색다른 시도가 될 것이다. 휴일 근무나 주말 근무
때는 청바지에 캐주얼 재킷을 매치해 출근해 보자. 부하 직원들의 달라진 눈빛
을 볼 수 있을 것이다.

## 러닝화는 청바지와 어울리지 않는다

청바지 스타일링에서 가장 중요하게 생각해야 할 것이 바로 신발이다.
어떤 신발을 신는가에 따라 전체적인 느낌이 많이 좌우되기 때문이다. 러닝화(운
동화)와 청바지를 매치하는 것은 가장 언밸런스한 코디 법이다. 밑창이 높은 러닝화는 운동
할 때만 신도록 하자. 대신 깔끔한 로퍼나 단정한 단화, 스니커즈로 마무리해야 한다. 이때 양말은 꼭 신
발 색상과 맞춰 신어야 한다.

## 청바지에 정장 벨트 매치는 금물이다

청바지를 너무 올려 입어 '배바지'로 만들어 입지 말자. 셔츠나 티셔츠를 바지 속에 넣어 입어야 한다는
건 고정관념이다. 특히 정장 팬츠에 착용하던 가죽 벨트를 청바지에 매치하는 것
은 절대 금물이다.

## 무릎 나온 청바지는 과감하게 버리자

청바지를 오래 입다 보면 무릎이 튀어나온다. 하지만 루즈 핏 청바지의
무릎이 너무 많이 나와 있다면 아무리 깔끔하게 코디한다고 해도 'NG'
다. 무릎이 너무 심하게 나와 본래의 형체를 알 수 없는 청바지는 과감
하게 버리자.

**루즈 핏** : 입었을 때 넉넉한 느낌으로 활동성이 높은 디자인 형태

# 顔.face

30대 초반으로 보이는 탁재훈과 30대 중반으로 보이는 최수종, 놀랍게도 두 사람은 마흔 줄을 훌쩍 넘긴 중년이다. 두 사람의 동안 비결은 피부에 있다. 웃을 때를 제외하곤 눈가 주름을 찾아볼 수 없으며 볼에는 탄력이 넘친다.

영원한 젊음을 갈망하는 여자들이 피부에 집착하는 모습은 어제 오늘의 일이 아니다. 웬만한 아줌마들은 일주일에 한 번씩 피부관리실을 찾아 전문가의 관리를 받고, 고가의 화장품을 세트로 사들이며 하루라도 늦게 늙기를 갈망한다.

여자들이 피부에 집착하는 이유는, 뛰어난 패션 감각이나 좋은 자동차, 집 등이 가져다줄 수 없는 어떤 타고난 고결한 느낌을 도자기 같은 피부에서 느끼기 때문이다.

사람들은 자수성가한 사람에게 박수를 치지만 무의식적으로 자수성가보다는 태생이 고귀한 사람들에게 더 끌린다고 한다. 패션이나 여타 다른 것들은 노력하고 치장하면 만들 수 있는, 가질 수 있는 것으로 치부되지만 피부는 그렇지 않다. '우윳빛 피부를 가진 전학생', '도자기 피부를 가졌던 첫사랑' 등의 관용어는 괜히 만들어진 것이 아니다. 이제 중년 남성도 피부에 대한 무개념에서 탈피해야 한다. 피부는 꽃중년이 갖춰야 할 첫 번째 조건이기 때문이다.

사진제공 : 아모레퍼시픽

아저씨, 록밴드를 결성하다

# 핫 타월과
# 클렌징은
# 여자만 하나

안성기의 자글자글한 눈가 주름을 인자함으로 여기던 시대는 지났다. 넓어진 모공 그리고 거친 피부 등은 이제 중년의 아저씨라도 봐줄 수 없다. 특히 피부는 나이를 가늠하는 척도가 된다. 실제로 국내 남성 화장품 시장 규모가 매년 10퍼센트 이상 가까이 성장하고 있다. 화장품 업계에서 중년 남성을 겨냥한 고가의 기능성 화장품을 잇달아 내놓는 것은 당연한 일이다.

하지만 무턱대고 얼굴에 스킨과 로션을 바르고 기능성 제품을 바른다고 '젊음'을 되찾을 수 있는 것은 아니다. 화장품에 대해 올바르게 이해하고 피부에 맞는 제품을 바르는 것이 중요하다. 아내와 함께 일주일에 한 번씩 피부관리실을 찾아 전문가의 관리를 받아 보는 것도 금실 좋아지고 피부도 좋아지는 일석이조의 방법이다.

인터넷 회사를 운영하는 이 모(48) 씨, 자신의 피부가 동년배에 비해 괜찮다고 자신하던 그는 얼마 전 거울을 보고 깜짝 놀랐다. 커지다 못해 축축 늘어진 모공에는 먼지가 엉겨 붙어 검게 변해 버린 '블랙헤드'가 생겼고 볼에는 색소 침착으로 반점 같은 것이 여러 개 박혀 있는 것을 발견했기 때문이다.

인터넷 회사를 운영하다 보니 주문이 들어오면 밤낮으로 일했고 불규칙한 생활 때문에 세안도 게을리 했다. 원래부터 답답한 것을 싫어해 화장품 바르는 것도 어쩌다 한 번이었다. 세안 역시 차가운 물과 비누로 얼굴을 박박 문대는 것이 전부.

자신도 피부의 변화를 깨닫고 있는데 얼마 전부터 "왜 이렇게 갑자기 늙어 보이지?" "피곤해 보인다." "피부가 까칠해 보인다."는 주변의 말을 듣게 됐다. 그는 "내 나이에 피부 때문에 스트레스를 받을 줄은 몰랐다. 하지만 정말 스트레스가 되더라."며 신기해했다.

큰 결심을 한 그는 최근 피부과를 찾아 모공축소 시술을 받았다. "비즈니스 하는 사람이 얼굴이 그게 뭐냐."는 아내의 타박 때문에 반강제로 끌려간 그였지만 그 후 그의 하루 일과는 180도 바뀌었다.

그는 아침 일찍 일어나 미지근한 온수를 사용해 클렌징폼으로 피지를 깨끗이 닦아 낸 후 냉수로 헹궈 주고, 스킨과 로션을 발라 피부에 충분한 수분을 공급해 준다. 비타민 A가 포함된 미백·주름 개선 화장품과 보습 효과가 있는 수분 크림을 바르고, 자외선 차단제로 마무리한다. 피부도 점차 예전으로 돌아오는 것 같은 요즘, 그는 "처음에는 왠지 거추장스러운 느낌이었지만, 이제는 잘한 일이라는 생각이 든다."며 미소 지었다. 이제 피부과를 가는 것이 아무렇지도 않게 느껴져 평생 콤플렉스였던 미간 주름을 없애기 위해 의사 선생님이 추천한 보톡스도 시술을 예약했다.

아저씨, 록밴드를 결성하다

　패션 회사를 운영하는 김 모(45) 씨의 경우는 새롭다. 아직 싱글인 그는 30대로 보일 만큼 완벽한 피부의 소유자다. 경쟁력을 위해 스스로 일찍부터 피부 관리를 철저하게 해왔다. 그의 피부 비결은 '핫 타월 요법'이다. 얼굴에 딥클렌징 제품을 바른 후 전자레인지에 2분 정도 데운 핫 타월로 얼굴을 덮고 마사지 해준다. 그 후 화이트닝 에센스를 3~4방울 섞은 모이스처 크림을 발라 보습 효과를 주고 맑은 피부 톤을 연출한다. 그는 "술을 마시는 것보다 외모를 가꾸는 일에 시간을 더 많이 보내는 편이다. 조금이라도 피부가 건조해진다 싶으면 바로 관리에 들어간다."고 털어놨다.

　실상 1970~1980년대 이념 서적을 읽고 격변의 시기를 거치며 돌멩이를 던지고, 최루탄을 맞던 중년 남성들의 경우 '남자들의 아름다움'엔 무지할 수밖에 없다. 하지만 피부 관리를 받고 자신의 외모를 관리하는 것이 소위 '분칠'하는 여성들이나 연예인들에게 국한된 일이라고 폄하하던 시대는 지났다. 이제는 남자들도 가꿔야 사랑받는 시대인 것이다.

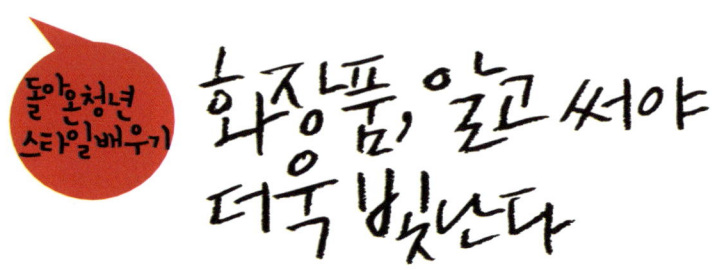

Albatross
Powder Sun

SPF 41 / PA++

CHARMZONE

사진제공 : 참존

## SPF 지수란?

피부 진피층을 자외선으로부터 보호해 주는 시간. 수치가 1이면 10~15분 정도 차단된다는 뜻이다. SPF 가 30 정도인 제품은 4~5시간 정도 자외선을 차단한다.

## 에멀전과 에센스의 차이?

'에멀전'은 유액 형태로 피부에 유분과 수분을 동시에 공급하는 로션의 한 종류다. '토너'는 세안 후 남아 있는 노폐물을 제거하고 피부에 수분을 공급하는 알코올이 섞이지 않은 유연화장수로 '스킨소프트너' 또 는 '스킨로션'으로도 부른다. '아스트린젠트'는 알코올이 섞인 수렴화장수로 '토닝로션'으로도 부른다. '에센스'나 '세럼'은 대체로 투명하거나 반투명하며 미백이나 보습, 노화 방지 등에 사용하는 고농도 기능 성 화장품이다.

## 고가의 아이크림을 다른 곳에 바르면 더 좋아질까?

아이크림은 땀샘과 피지샘이 거의 없는 눈가 피부에 유분을 공급해 노화를 방지하는 역할을 한다. 따라 서 강력한 유분력을 갖고 있어, 뺨이나 이마에 바른다면 모공이 막혀서 트러블을 유발할 수 있다.

## 눈가 주름과 다크서클은 되돌릴 수 없다?

눈가는 관심을 가지고 노력하면 눈에 띄는 효과를 볼 수 있는 곳이다. 일주일에 한 번 정도 눈가 전용 시 트 마스크 같은 특별한 관리가 필요하다.

## 쉐이빙 폼을 바른 직후 바로 면도를 해도 될까?

각질 유연제가 함유돼 있는 쉐이빙 폼은 수염이 부드러워지는 효과를 낸다. 따라서 쉐이빙 폼을 바른 후 최소 1~2분 정도 기다린 후 면도를 하는 것이 좋다. 쉐이빙 폼을 바른 직후 면도를 하면 피부에 자극만 될 뿐이다.

# 아내보다
## 젊고
## 예뻐질 수 있다

"연상인 내 아내보다 왜 내 피부가 더 늙어 보이죠?"라고 울상 짓는 한 40대 남성을 만난 적이 있다. 패션 쪽 일을 하던 그분은 자신보다 두 살 연상의 부인과 결혼했다. 두 사람 모두 피부 관리 받는 것을 좋아해 함께 관리를 받았다고 한다. 하지만 시간이 지날수록 부인의 피부는 생기가 더해가고 젊어지는 데 비해 자신의 얼굴에는 주름이 더 깊어져 갔다.

사실 여자보다는 남자가 피부를 더 잘 관리해야 한다. 정작 투자가 필요한 쪽은 여자보다는 남자 쪽인 것이다. 남성과 여성의 피부 구조는 다르다. 남성 피부는 여성 피부에 비해 30퍼센트 가량 두껍기 때문에 잔주름보다는 깊은 주름이 만들어진다. 또 여성에 비해 피지량이 많은 반면, 수분 함량은 3분의 1밖에 되지 않아서 여성보다 훨씬 더 많은 수분 공급을 해주지 않으면 피부가 일찍 늙어 버린다.

과음과 흡연 그리고 과로와 스트레스 역시 또 다른 변수다. 이것들은 피부의 수분을 앗아 가는 주범이다. 잦은 면도를 해야 한다는 것도 남성 피부의 노화를 촉진시킨다. 피부에 있는 천연 보습막을 손상시켜 피부를 메마르고 윤기 없게 만들기 때문이다.

스타일은 죽지 않았다
다만 진짜로 몰랐을 뿐이다

하지만 이렇다고 해서 '도저히 어쩔 수 없는 일'이라고 포기할 필요는 없다. 새로운 전략을 세우고 그에 따라 차근차근 관리를 진행하면 어느새 '내 아내보다 더 젊어 보이는 피부'를 가질 수 있다.

먼저 피부 관리의 첫 번째 관문인 '세안법'에 대해 알아보자.

세안 전에는 반드시 손을 씻는 것이 중요하다. 손을 씻지 않은 채 거품을 내면 한 손에 6만 마리나 되는 세균이 얼굴에 고스란히 안착하게 된다. 세안할 때는 미지근한 물을 이용해 천천히 모공을 열고 모공 속 세균을 씻어 내는 것이 필요하다. 이때, 피부를 건조하게 만드는 비누보다는 클렌징 제품을 사용하는 것이 좋다. 클렌징 폼을 손바닥에서 충분히 문질러 거품을 낸 후 사용하면 따뜻한 손바닥이 불순물을 피부 밖으로 밀어내는 역할도 수행해 효과적이다.

무엇보다 매일 스킨과 로션 등 기초 화장품을 발라 충분한 수분을 공급해 줘야 한다. 특히 주름 완화와 피지 조절 등을 위해서는 비타민 A가 포함된 기초 제품을 규칙적으로 발라야 한다.

'노화의 적'인 자외선 차단을 위해 선크림도 외출 시 꼭 챙겨 발라야 한다. 하지만 자외선 차단제를 고를 때 높은 수치에만 연연하지 말자. 중년 남성들에게는 PA++ 등급과 SPF 35 정도가 무난하다.

**아저씨, 록밴드를 결성하다**

# 여자보다 아름다운 피부를 위하여

## 면도는 피부 건조의 주범

면도할 때 사용하는 면도기의 날카로운 날은 수염뿐만 아니라 피부 각질층까지 깎아 버린다. 저항력을 잃은 피부를 바깥 공기에 그대로 노출시키기 때문에 피부는 거칠어진다. 이렇듯 매일 각질층이 제거되다 보면 피부 표면이 점점 악화가 돼 세균 감염으로 인한 트러블이 일어나게 된다. 외출하지 않는 휴일에는 가능하면 면도를 하지 말고 피부에 휴식을 주자.

## 피부 청결은 필수

남성은 피지 분비가 많다. 피지 분비가 많은데 잘 씻지도 않는다면 금세 귤껍질처럼 거칠어지기 마련이다. 넓어진 모공 안에 피지를 비롯해 노폐물이나 오염 물질이 쌓여 겉보기에도 좋지 않을 뿐더러 피부 트러블의 원인이 된다.

## 여성용 로션과 크림 사용을 자제한다

피부가 건조해지면 여성용 로션이나 크림을 바르는데, 무턱대고 사용하면 피지 분비가 많은 남성은 여드름, 뾰루지 등이 생길 수 있다. 여성들이 바르는 영양 크림 종류보다는 수분 함량이 높은 남성 전용의 오일 프리 제품을 사용하는 것이 좋다. 스킨을 1분 정도 간격을 두고 두 차례 발라 주면 제품 흡수력이 높아진다.

## 자외선 차단은 필수

남성은 여성보다 피부색이 다소 검붉다. 이런 현상은 나이가 들수록 더 두드러진다. 평소 자외선 차단에 무신경하기 때문이다. 무방비 상태로 태양 광선에 노출될 경우 멜라닌 합성이 활성화된다. 외출 전 30분에 자외선 차단제를 사용하는 것을 잊지 말자. 이것마저도 귀찮다면 자외선 차단 기능을 포함한 로션이라도 사용해 보자.

## 음주 후에는 수분을 보충하자

알코올은 혈액을 팽창시키기 때문에 과음할 경우 얼굴과 몸에 가는 실핏줄이 드러난다. 또 세포 조직 내에서 수분을 제거해 피부를 거칠게 한다. 과음한 다음 날 얼굴이 부었을 경우 찬물로 깨끗이 세안한 후 냉장고에 넣어 둔 화장수를 바르고 피부 진정 효과가 있는 제품을 바르자. 또 물과 주스 등으로 알코올에 의해 빠져 나간 수분을 보충해 줘야 한다.

## 흡연은 피부 노화 촉진의 원동력

잠자리나 아침 첫 담배 등 피부 노화를 가중시키는 나쁜 습관을 바꿔야 한다. 니코틴은 피부의 모세혈관을 수축시켜 혈액순환을 감소시키는데, 혈액순환이 느려질수록 피부의 혈관에 흐르는 혈액량이 줄어들어 피부가 누렇게 변한다. 그렇지만 담배를 포기할 수 없다면, 비타민 C 제품을 수시로 먹자.

## 스트레스를 퇴치하자

스트레스는 피부 트러블의 가장 큰 원인이다. 스트레스와 뭉친 근육을 풀 땐 '배스 솔트(목욕용 소금)'를 이용한 반신욕을 해보자. 배스 솔트의 미네랄 성분은 체내 독소를 해소하고 근육 이완을 돕는다. 이때 아로마 오일을 함께 사용하면 두 배의 효과를 누릴 수 있다.

# 成形. face - lifting

## 자글자글한 주름과
## 칙칙한 피부가
## 훈장은 아니다

건설회사 이사인 권 모(51) 씨는 보수적인 남자다. 여느 일반 중년들처럼 성형에 대해 이해할 수도, 이해하고 싶지도 않다고 생각했다. 부인이 보톡스를 맞아 눈가의 자글자글한 주름을 지우고 왔을 때도, "이 사람이 망령 난 것 아니냐!"고 구박했을 정도다.

시간이 흐르면 흐르는 대로 받아들이며 사는 것이 인간의 순리며, 그것을 거스르는 것은 인간된 도리가 아니라는 것이 그의 인생철학이다. 그러고는 얼굴에 하나둘씩 생겨난 주름과 현장을 다니느라 칙칙해진 피부를 마치 훈장처럼 자랑스러워했다.

**스타일은 죽지 않았다**
**다만 진짜로 몰랐을 뿐이다**

하지만 어느 날 사장 자리를 두고 보이지 않는 경쟁을 펼치던 그의 동료가 달라진 것을 발견했다. 자신보다 한참 나이 들어 보이던 그 동료가 어느 순간 10년은 젊어진 모습으로 회사에 나타났고, 그 후 그 동료를 대하는 사람들의 시선이 점점 바뀌어 가는 것을 느꼈다. 해외에서 오는 중요한 손님을 맞이할 때도 그보다는 동료가 나서는 빈도가 높아졌다. 그 후 그는 주름과 거뭇한 피부를 더 이상 자랑스러워하지 않게 됐다. 그리고 결국 부인이 소개해 준 피부과에 전화를 걸어 피부 톤을 개선해 주는 관리를 받기로 했다.

영화 〈아웃 오브 아프리카〉와 〈스팅〉 등에 출연하며 1970~1980년대 최고의 로맨티스트이자 터프함을 갖춘 배우로 떠올랐던 로버트 레드포드. 당시 대중들 사이에서는 '레드포드 스타일'이라는 말이 떠돌 정도로 그의 인기는 대단했다.

하지만 조각 같던 '꽃미남'도 시간이 흐르면서 나타나는 노화 현상에는 속수무책일 수밖에 없었다. 레드포드는 여러 번의 성형수술을 감행했다. 그럼에도 그는 당당했다. 눈 아래 지방제거수술을 받은 후 언론의 질문 공세에 "그래서 제 얼굴이 흘러내리면 어떡하느냐고요? 신경 끄고 살면 되지 않겠습니까?"라는 말로 일침을 놨다. 40대에도 여전히 꽃미남으로 불리는 브래드 피트가 모 매체와의 인터뷰에서 "보톡스의 도움으로 미모를 유지하고 있다."고 말한 것도 유명한 일화 중 하나다.

아저씨, 록밴드를 결성하다

자글자글한 주름
칙칙한 피부
≠
훈장

# 대중화되고 있는
# 중년 남성의
# 성형수술

'젊게 살기'를 원하는 인간의 욕심은 남녀 불문하고 똑같다. 나이가 들었다고 해서 주름살 없이 탱탱하고 윤기 나길 바라는 마음이 어찌 없겠는가. 그럼에도 우리 시대의 중년 남성들은 "흐르는 세월을 이기는 사람은 없다."는 옛말을 굳건히 믿으며, 이제껏 그런 욕망을 감춘 채 돈벌이에 몰두해 왔다. '젊음 찾기'는 여성들의 영역인 양 애써 무시하면서 말이다.

최근 "멋진 외모는 남성들에게 자신감을 불어넣고 중년 남성에게 찾아올 수 있는 우울증을 예방한다."는 연구 결과가 나왔다. 의학이 발달하여 인생을 두 번 살 수 있을 만큼 장수한다는 '인생 이모작 시대'에 주름이 자글자글한 얼굴로 오래 사는 것은 의미가 없다. 생명 연장의 꿈을 이루게 한 의학의 도움으로 젊어 보이는 외모를 만드는 것을 굳이 거부할 필요는 없는 것이다.

아무리 마사지나 노화에 좋다는 기능성 화장품을 발라도 주름이나 늘어진 피부 라인을 복구하기 어려울 때가 있다. 그렇지만 용기 있는 중년들은 의기소침해하지 않는다. 자신의 얼굴에 하나둘씩 늘어나

사진제공 : 삼성라인에스테틱

는 검버섯과 주름살을 없애기 위해 성형외과로 거침없이 발걸음을 옮기고 있다.

    압구정 에비뉴 성형외과 이백권 원장은 "정확한 퍼센트를 가늠하기는 힘들지만, 중장년 남성들의 방문이 매년 30퍼센트 이상씩 급속히 늘어나고 있다. 수명이 길어지면서 같이 길어진 경제활동 기간과 젊어지고자 하는 인간의 본능 등이 주요 원인인 것 같다."고 중년 세대의 변화를 설명했다.

# 암담한 검버섯,
# 얄미운 주름살

남성 피부는 40세를 넘기기 시작하면서 급격한 노화가 진행된다. 피부 탄력을 지켜 주던 콜라겐 등이 부족해지면서 중력의 법칙에 의해 피부가 늘어지기 시작한다. 어느 순간 팽팽했던 눈꺼풀이 처지고, 코 양옆에 노화의 상징인 팔자 주름이 생긴다. 입가 주름이 깊어지는 것은 문제도 아니다. 얼굴에 가뭇가뭇 생기는 검버섯은 암담할 수밖에 없다.

중년 남성들이 주로 성형을 원하는 부분은 이마와 팔자 주름, 눈가 주름, 다크서클, 모공 축소, 여드름, 기미, 검버섯 등의 제거다. 다크서클이나 기미 등은 표정이 어두워 보이게 하고, 피곤해 보이게 하며, 미간이나 이마 주름의 경우는 화나 보이고 강한 인상을 준다. 이런 점들 때문에 대인관계에 있어서 본인이 원하지 않는 이미지를 상대방에게 줄 수도 있는 것이다. 또 눈 밑 지방의 경우 젊은 여성들에게는 귀여운 이미지를 줄 수 있지만 중년 남성들에게는 자칫 무서운 인상을 줄 수 있다.

아저씨, 록밴드를 결성하다

# 수술은
# 복잡하고 귀찮지만
# 우리에겐 보톡스가 있다

'최대한 눈에 띄지 않게 빨리 일상으로 복귀하는 것'을 원하는 중년 남성들은 복잡하고 거대한 수술을 원치 않는다. 남성들의 경우 피부가 두껍고 탄력이 떨어져 수술 후 부기와 멍이 더 오래가는데다 화장을 하지 않는 만큼 수술 흔적이 고스란히 드러나기 때문에 조심스러워할 수밖에 없다.

그로 인해 중년 남성들은 얼굴 주름 당기기, 눈 밑 지방 제거, 미간 · 이마 주름이나 손 주름 펴기 등 간단하면서도 효과가 빠른 성형을 원한다.

성형 수술의 방법은 크게 세 가지로 나뉜다. 미용 레이저나 고주파와 같이 칼을 대지 않는 방법, 보톡스나 미세 자가지방 주입술로 대표되는 주사요법, 남는 피부를 당겨서 잘라 내는 절제술 등이 있다.

피부 탄력을 높이고, 주름을 개선하는 목적으로 사용되는 미용 레이저나 고주파는 잔주름 제거에 효과를 발휘한다. 보톡스는 주름을 만드는 근육층에 근육 마비제를 주사해 표정근의 움직임을 제한하는 것이고, 미세 자가지방 주입술은 대퇴부나 엉덩이 등 자신의 잉여 지방을 채취해 얼굴의 굵은 주름이나 손 주름 등에 넣는 방법이다. 절제술은 굵은 주름 제거에 주로 이용된다.

이중 대표적인 것은 보톡스와 필러 같은 주사요법이다. 눈가, 이마, 미간 등 표정을 나타내는 주름을 펴주는 보톡스는 요즘 중년층에게 가장 기본적인 안티에이징 시술로 인기가 높다.

2008년 영국 성형외과협회는 보톡스 주사를 맞는 남성들이 2007년에 비해 60퍼센트 가까이 증가했다는 조사 결과를 발표했다. 영국의 일간지 《텔레그라프》는 이를 빗대 "보톡스(botox)를 맞는 중년 남성이 폭증하면서, 소년(boy)이 되려는 남성이란 뜻의 '보이 톡스(boy tox)'라는 별칭까지 생겼다."고 특집 기사를 싣기도 했다.

'보톡스'는 부패한 통조림을 먹으면 치명적인 근육 마비를 일으키는 보툴리눔 독소를 정제해 치료용 주사로 만든 약품이다. 보톡스가 주입되면 근육 내 신경 말단에서 분비되는 신경 전달 물질을 차단해 근육이 수축되는 것을 억제하는 원리를 주름 치료와 사각턱 교정, 이마거상 등에 이용한 것이다. 주사 효과와 지속 시간은 사람마다 차이가 있다. 일반적으로 주사 후 5~10일 이내에 효과가 나타나기 시작해 2~4개월 정도 지속된다. 하지만 6개월 후에는 효과가 완전히 없어지는 만큼 4~6개월 주기로 주사를 다시 맞아야 한다.

하지만 부작용 사례도 있다는 점에서 '젊음을 얻게 해주는 만병통치약'은 절대 아니다. 최근 클론의 구준엽은 "젊어 보이려고 과하게 보톡스를 맞았다가 눈을 못 감은 적이 있다."고 고백했고, 노무현 전 대통령도 유난히 굵은 이마 주름 때문에 보톡스를 맞았다가 눈이 자꾸 감긴다며 상안검제거술을 받기도 했다.

압구정동 삼성라인 에스테틱 윤향숙 실장은 "짧은 기간 내에 많은 용량의 보톡스를 습관적으로 자주 맞으면 항체가 형성돼 치료에 반응을 보이지 않을 수 있다. 또 후유증 등 역효과가 생길 수 있으니 주의해야 한다."고 조언했다.

가장 기본적인 안티에이징,
최대한 눈에 띄지 않게
빨리 일상으로 복귀하기
보 · 톡 · 스

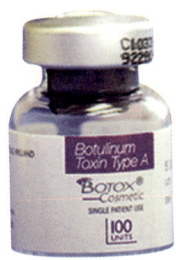

# 당신만 빼고 모두
# 당신의 젊음을
# 원한다

홍보대행사 대표 박 모(45) 씨는 부쩍 늘어난 주름살 때문에 걱정이 많았다. 경제 불황으로 인해 들이닥친 한파를 헤쳐 나가기 위해 매일 밤 야근을 밥 먹듯 하고, 스트레스를 받다 보니 어느새 눈가에 자글자글한 주름이 깊어졌다. 하지만 시술 후 만난 그의 모습은 확연히 달라져 있었다. 환한 피부 톤에 생기 있는 표정이 되살아났다.

더욱 놀라운 건 박 씨가 병원을 찾게 된 이유가 아이들과 부인의 권유 때문이라는 것이다. 아이들과 부인이 피부 트러블 치료를 위해 자주 찾던 병원에서 시술을 받은 박 씨는 10년은 젊어진 아빠와 남편의 모습이 되었다.

박 씨는 "처음 성형을 권하는 가족들의 제안을 받고는 내가 그렇게 늙어 보이나 싶어 황당하기만 했다. 하지만 부인과 함께 병원에 가니 민망하지도 않고, 마음이 안정되기도 했던 것 같다."며 "직업이 홍보 일이라 많은 사람들을 상대해야 하는 만큼 외모와 감각은 생명이다. 하지만 주위의 시선 때문에 용기를 내지 못했는데, 정작 가족들이 용기를 줘서 좋았다. 이제는 되찾은 젊음을 가족과 만끽하고 싶다."며 만족스

아저씨, 록밴드를 결성하다

런 웃음을 지었다.

압구정동과 청담동에 위치한 성형외과에는, 여드름 치료를 받던 병원으로 아버지의 손을 끌고 나타나는 자녀들이 늘었다고 한다. 예전과 달리 젊음을 되찾기 위한 '아버지들의 반란'에 자식들이 돕고 있는 것이다. 그러니 이제 당신이 용기를 내는 일만 남았다.

젊어 보이는 남편과
아버지는 가족에게
한 발 더 가까이
다가간다.

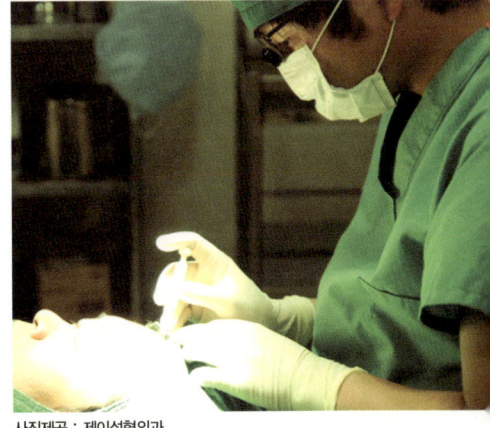

사진제공 : 제이성형외과

# 성형을 위한 간단한 레이저 주사요법

## 더모톡신 주사

웃거나 찡그릴 때 눈가, 이마, 미간에 잡히는 주름을 자연스럽게 완화시킬 뿐만 아니라 칙칙한 피부 톤, 넓은 모공, 사각턱, 처진 피부, 팔자 주름 등 전체적인 노화 증상을 개선하는 효과가 있다. 표시가 나지 않아 일상생활에 지장이 없다.

## 어펌레이저

피부에 무수히 많은 미세 구멍을 뚫고 열 자극을 줘 콜라겐 재생을 유도함으로써 피부를 젊어지게 하는 치료다. 시술 후 붉어지고 붓는 경향이 있지만 2~3일이면 가라앉아 주말을 이용해 간단히 시술할 수 있다. 5회 이상 반복하면 모공, 탄력, 잔주름이 개선된다.

## PRP 자가혈주사 치료

자신의 혈액을 50cc 정도 뽑아 2차례 원심분리를 하여, 재생을 촉진하는 각종 성장인자가 풍부한 혈소판층을 분리한다. 그 분리된 층을 노화가 많이 진행되었거나 볼륨이 줄어든 부위에 주사하는 치료법이다. 채혈 후 주사를 끝내기까지 40분 정도 소요되며, 시술 후 세안과 화장 등 일상생활에 지장이 없다. 보형물이나 이물질이 아니라 피부 탄력 세포를 주입한 것이기 때문에 세포들이 고르게 성장하면서 외형상 울퉁불퉁하게 보일 가능성이 거의 없다. 만졌을 때에 이물감이 느껴지지 않는다.

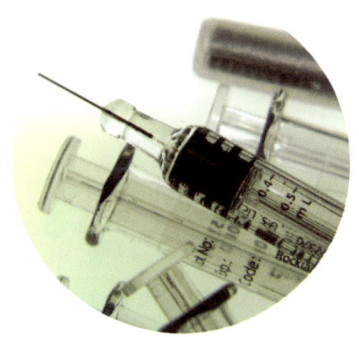

## 써마지

고주파를 피부 진피층에 쏘여 콜라겐 생성을 유도한다. 주름뿐만 아니라 피부 탄력, 모공 등에 효과적인 시술법이다. 처진 눈꺼풀 치료에 많이 쓰인다.

## 스타룩스

레이저를 쏘여 피부 탄력과 주름을 개선하는 시술법이다. 얼굴 전체 80~100만 원(효과 3~5년) 선이다.

## 터널링

노무현 전 대통령의 이마 주름과 같이 흉터처럼 깊어진 주름을 제거할 수 있는 치료법이다. 흉터 범위에 푸르스름한 선이 생길 수 있지만, 4~5일에서 길면 14일 안에 없어지며 세안, 화장 등 일상생활에 지장이 없다.

## IPL

복합파장 레이저로 색소를 파괴하고 피부 톤을 개선하는 시술이다. 전체적으로 잡티, 주근깨, 평평한 검버섯 등으로 지저분한 피부를 해결하면서 피부 톤을 환하게 만든다.

## 큐스위치엔디야그 레이저

레이저로 검은색 색소를 파괴하는 시술법이다. 아주 짧은 시간에 높은 에너지가 순간적(약 1억 분의 1초)으로 나오기 때문에 치료 후 흉터가 거의 남지 않고 살짝 딱지만 앉는다.

# 남성 전용 클리닉
# 이용하기

여전히 사회적인 시선을 의식하는 중년 남성들을 위해 병원업계에서는
남성 전용 클리닉을 잇달아 개설하며 남성 고객 잡기에 나섰다. 특히
'미(美)'를 원하는 남성들이 늘어 가면서 남성 클리닉 또한 기존의 서비
스에 국한되지 않고, 남성 전문 모발 이식 서비스나 남성 전문 성형수
술 서비스 등 다양한 남성 전문 미용 서비스를 시작하는 등 변화의 모
습을 보이고 있다.

　　지금껏 성형외과들은 여성 고객 위주로 운영된 탓에 남성들은 관
심이 있어도 마땅히 갈 곳이 없을 정도로 문턱이 높았다. 이로 인해 이
들 남성 전문 병원은 프라이버시 보호를 제1원칙으로 하는 것이 특징
이다. 여성의 출입을 철저히 제한하는가 하면, 100퍼센트 예약제로 운
영한다. 또 1인 대기실에서 상담과 시술을 받을 수 있게 함으로써 타인
과 마주칠 수 있다는 불안감을 없앴다.

아저씨, 록밴드를 결성하다

# 훈훈한 남성 성형수술 전문 병원

^^ **레알포맨**
국내 최초 남성 전문 성형외과. 남성 전용 에스테틱까지 함께 운영 중이다.

^^ **조앤박 반영구화장 남성전문클리닉**
흐릿한 눈썹 등으로 고민하는 남성들을 위해 반영구화장을 시술해 주는 병원이다.

^^ **맨유클리닉**
남성의 주름과 피부 개선, 여드름 흉터 치료를 전문으로 한다.

^^ **맨탑남성의원**
항노화 클리닉, 갱년기 클리닉 서비스, 남성 전문 성형수술 클리닉을 함께 운영 중이다.

^^ **디올메디컬센터**
남성 지방흡입 전문 클리닉. 남성 전용 수술층을 따로 마련해 두고 있다.

^^ **이명훈보스클럽**
저렴한 가격에 남성 중심 서비스를 제공하는 남성 전문 토털 뷰티숍. 스킨케어, 스포츠 마사지 등을 받을 수 있다.

^^ **포맨스킨케어**
여드름, 필링, 미백 관리, 탈모 등 남성 피부 관리 전문점이다.

hair 毛.

## 숭숭 뚫린 머리에
## 스타일이란 없다

대기업 중역 권 모(52) 씨는 요즘 부쩍 빠지는 머리 때문에 고민이다.
한창 때는 풍성한 머리숱을 자랑하던 젊은 시절도 있었건만, 스트레스
와 피로에 시달리다 보니 어느새 한 올 한 올 머리카락이 빠져나갔고,
양옆 이마가 훤히 드러나는 M자형 탈모 증세를 겪게 됐다.

　머리숱이 줄어들다 보니 실제 나이보다 더 나이 들어 보이는 상황
이 된 것은 말할 것도 없다. 빠져나가는 머리카락을 볼 때면 찢어지는
듯한 마음은 이루 표현할 수 없을 정도다.

　비즈니스를 위해 젊게 살려고 노력해 왔고, 옥스퍼드 셔츠에 면바

아저씨, 록밴드를 결성하다

지를 입는 아이비룩 스타일(아이비리그의 대학생들이 입던 패션 스타일)도 연출해 봤지만 듬성듬성한 머리와는 하나도 어울리지 않으니, 이 또한 난감할 수밖에 없다. 곳곳이 숭숭 뚫린 머리를 보며 어느새 이만큼 나이를 먹었구나 하는 생각만 처량하게 들 뿐이다.

탈모 현상은 모든 남성이 제일 두려워하는 일이다. 하지만 스트레스와 각종 환경오염 등으로 탈모의 시기가 점점 빨라지면서 '젊어지고자 하는' 남성들의 의욕을 저하시킨다. 빠지는 머리카락은 속수무책인 경우가 많기 때문이다.

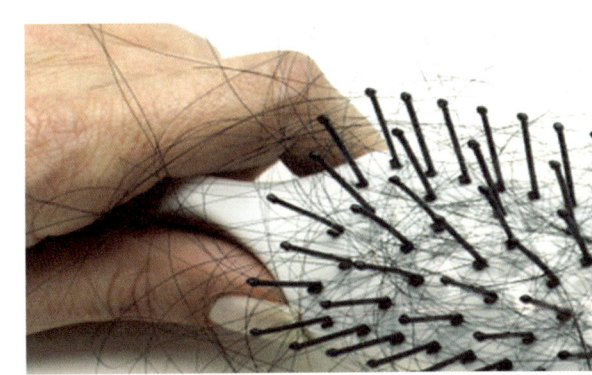

탈모 현상은
모든 남성이 제일
두려워하는
일이다.

# 탈모는
# 사후 관리보다
# 예방이 중요하다

양옆 이마가 훤히 드러나는 M자형 탈모, 머리에 동전 크기 모양으로 시작되는 O자형 탈모, 중년 이후에 나타나는 노화성 탈모 등 중년 남성의 탈모 원인은 대부분 남성 호르몬의 변화와 음주, 흡연 그리고 스트레스에 기인한다.

호르몬의 변화로 모발의 굵기가 점점 가늘어지는데, 특히 앞머리의 모발선 근처에 이런 현상이 두드러진다. 음주와 흡연은 남성 호르몬 분비를 촉진시켜 탈모를 더욱 가속화시킨다. 또 스트레스는 두피의 피지를 과다 분비시켜 두피질환을 일으키고, 이것이 제대로 치료되지 않았을 때 탈모가 시작된다.

나이별로 살펴보면 40대는 인간의 노화에 따른 급격한 신체 변화가 일어나면서 내분비 기능의 저하가 뚜렷하게 진행되는 시기다. 인체의 모든 호르몬 분비량이 줄어들면서 머리카락 빠지는 현상이 점점 빨리 진행되고, 이것이 점점 만성적 탈모로 이어진다. 50대에는 신진대사의 장애로 각종 성인병이 발생하고 근육 조직이 감소하여 노화가 진행된다. 이러한 노화는 모발의 성장을 저해하며 모근의 손상을 촉진시킨다.

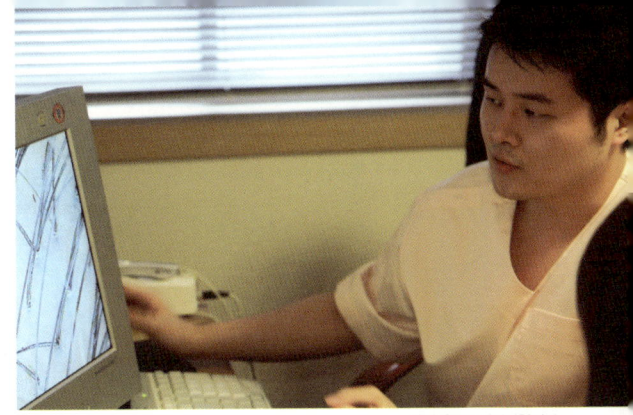

탈모를
예방할 수 있는 방법은
증상을 미리 파악하고
치료를 받는 것이다.

사진제공 : 제이성형외과

특히 하루 100개 이상 머리카락이 빠지는 이상 탈모 현상이 최소 2주에서 1개월 이상 지속된다거나, 모발이 가늘어지고 힘이 없어지는 경우 그리고 모발이 가늘어지는 대신 수염이나 가슴 부위의 털이 굵고 진해진다거나, 비듬이 급격히 늘어나는 경우, 두피와 모발에 기름기가 과도하게 흐르는 경우, 모발에 탄력이 없고 잘 끊어지는 경우는 모두 탈모의 전조 증상이다.

처음 1~2년에는 모발의 수명이 짧아지면서 머리카락이 많이 부드러워졌다고 느끼게 되고, 3~4년 정도 지나면 모발에 힘이 없고 앞머리가 자꾸 가라앉게 된다. 5~6년 정도 지나면 부분적으로 숱이 없어지면서 유전적인 탈모가 시작된다. 탈모를 인지할 때는 이미 5~6년 정도 탈모가 진행된 후다. 탈모를 예방할 수 있는 방법은 증상을 미리 파악하고 치료를 받는 것이다.

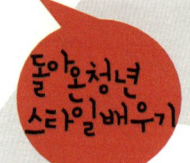

# 건강한 모발을 위한 체크포인트

## 탈모 전조 증상 체크 포인트

체크한 사항이 2~3개에 해당하면 탈모에 대한 상담을 받아 봐야 한다.

- ☐ 하루 100개 이상 탈모 : 하루에 한 번 머리를 감을 때 빠지는 모발의 수를 측정해 그 수에 2~3을 곱해 본다.
- ☐ 가늘고 부드러워지는 모발
- ☐ 몸의 다른 부위의 털이 진해지고 굵어짐
- ☐ 급격히 늘어난 비듬
- ☐ 두피와 모발에 과도히 흐르는 기름기
- ☐ 탄력이 없고 잘 끊어지는 모발
- ☐ 적어지는 머리숱

## 두피 건강을 지키기 위한 체크 포인트

- ☐ 올바른 샴푸 사용법을 숙지해 청결한 두피를 유지한다.
- ☐ 샴푸할 때 손가락 끝을 이용해 두피 마사지를 한다.
- ☐ 뜨거운 물보다는 미지근한 물로 머리를 감는다. 뜨거운 드라이어 바람 사용도 금물이다.
- ☐ 샴푸 후 모발 끝에 헤어 에센스를 발라 수분을 공급한다.
- ☐ 샴푸 후 젖은 머리는 잠자리에 들기 전 완벽하게 말린다.
- ☐ 콩, 우유 등의 단백질과 미역, 다시마 등의 해조류로 규칙적이고 균형 잡힌 식사를 한다.
- ☐ 술과 담배는 건강한 두피의 적이다.

# 탈모,
# 생활에서
# 예방하기

하나둘씩 빠지는 머리카락을 보며 체념만 하고 있어서는 안 된다. 탈모를 방지하기 위한 예방법을 실생활에서 활용해 보면 머리 빠지는 것에 대한 스트레스에서 벗어날 수 있다.

일단 탈모 예방을 위해서는 두피 건강이 제일 중요하다. 이를 위해 적절하게 운동하고 규칙적인 식습관을 유지해야 한다. 그리고 두피를 깨끗이 관리하고 집중적인 영양 공급을 해줄 필요가 있다. 그렇게 되면 두피의 저항력을 증가시켜 탈모를 예방할 수 있다.

전문가들은 올바른 샴푸 방법만 알아도 탈모를 방지할 수 있다고 입을 모은다. 설렁설렁 머리를 감다 보면 두피의 때가 완전히 빠져나가지 않아 두피의 건강을 해치기 때문이다. 먼저 샴푸 선택부터 신경 써야 한다. 얼굴과 마찬가지로 두피의 상태도 개인에 따라 다르기 때문에 화장품을 고르듯 자신에게 맞는 제품을 골라야 한다. 하루만 머리를 안 감아도 머리에 기름기가 많아지는 지성 두피에는 세정력이 높고 컨디셔너 성분이 적은 샴푸를 사용해야 한다. 건성 두피는 이와 반대되는 제품이 적합하다.

머리를 감기 전 충분한 빗질을 해준 후 모발과 두피를 우선 따뜻한 물로 적셔 주고, 샴푸를 두피 전체에 고루 바른다. 문지를 때는 손톱으로 긁지 말고 양쪽 손가락을 이용하는 것이 좋다. 린스나 컨디셔너는 두피가 아닌 모발에 묻혀 헹궈 낸다. 마지막 헹굴 때는 찬물에 두피를 적셔서 샴푸 때 열린 모공을 닫아 두피가 이물질에 노출되지 않도록 하는 것이 중요하다. 마지막으로 샴푸와 린스 성분은 모발을 가늘어지게 하는 원인이 되기 때문에 깨끗이 씻어 낸다. 샴푸는 오전보다 저녁에 하는 것이 더 좋다. 하지만 자기 전에는 모발을 완전히 말려야 한다.

마사지 요법은 혈액 순환이 개선되면서 두피와 모발이 건강해지는 효과를 볼 수 있다. 두피 마사지는 모근을 자극해 탈모는 물론 발모에도 도움이 된다. 손톱 끝이나 날카로운 부분을 이용, 두피를 약간 가볍게 누르는 듯 만진다는 기분으로 눈썹 선을 따라 올라가 머리선이 시작되는 부분을 양방향으로 돌려 가며 눌러 준다. 여유가 있다면 전체적인 혈액 순환을 원활하게 만들어 주는, 목과 어깨 또는 전신 마사지를 해준다. 그러면 두 배의 효과를 볼 수 있다.

올바른 먹을거리도 중요하다. '땅에서 나는 보약'이라는 말이 있듯이 두부나 된장, 밥, 콩, 도라지 등 우리나라 전통 음식은 탈모를 예방하는 보약이다. 이 식품들 속에는 남성 호르몬 활성 억제 물질이 들어 있어, 체내에 흡수되면 남성 탈모를 예방할 수 있다. 이에 비해 남성 호르몬을 과다 생성하는 육류의 섭취는 줄이는 것이 좋다.

**아저씨, 록밴드를 결성하다**

# 이미 진행됐다면
# 전문 시술을

탈모는 근본적인 치료가 어렵긴 하지만 생활습관만 신경 써도 예방 효과를 볼 수 있다. 하지만 탈모가 어느 정도 진행되면 자가 예방이나 관리보다는 전문의의 지시대로 치료 받는 것이 가장 쉽고 효과적인 방법이다. 특히 전문가들은 탈모는 모근이 살아 있을 때 조기 치료하는 것이 성공률이 높다고 강조한다.

탈모 예방과 조기 치료를 위해서는 체계적으로 구성된 피부과의 두피 관리를 고려해 보는 것이 좋다. 두피 클렌징, 두피 마사지, 모공 주변 각질 제거, 메조테라피, 두피 레이저 등을 적절하게 처방받을 수 있다.

무엇보다 초기 탈모의 치료법으로는 약물과 메조테라피가 대표적이다. 약물 치료는 탈모 초기와 원형 탈모에 효과가 높지만, 탈모 진행에는 역부족이란 것이 대부분의 의견이다. 메조테라피는 모근 강화와 탈모 개선에 효과적인 약물들을 혼합해 두피에 주입함으로써 직접 모낭에 약물이 작용할 수 있도록 도와준다. 일반적으로 1주 간격으로 6~10회 정도 시술하면 탈모가 멈추는 것을 느끼고 3~6개월 후에는 가늘어진 머리카락이 굵어지고 새로운 머리가 자라는 것이 보인다.

하지만 탈모 정도가 심하다면 모발 이식을 해야 한다. 탈모가 진행돼도 빠지지 않는 뒷머리의 모근을 탈모가 일어난 부위에 옮겨 심는 방법이다. 앞이마나 정수리의 부분 탈모에서 가장 효과가 크다. 하지만 모발 이식 중 드물게 출혈이 나타나거나, 이식한 모발이 착상되지 않아 빠지거나, 이식 후 모낭염이 나타나는 경우도 있으므로 시술 후 관리가 중요하다.

전문가들은 탈모는
모근이 살아 있을 때
조기 치료하는 것이
성공률이 높다고 강조한다.

사진제공 : 제이성형외과

아저씨, 록밴드를 결성하다

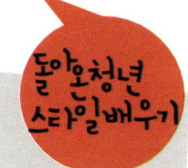

# 입 소문 난 탈모 클리닉 소개

**리치 피부과**  탈모 전문 병원

**스팰라랜드**  두피 탈모 전문으로 책임보증제 실시, 무료 두피 검사

**JB카운티**  남성 전용 헤어 전문점. 모발 관리 클리닉과 헤어 히스토리제를 도입해 고객들에게 맞춤형 헤어 서비스를 제공

**탈모 전문 메이저 탈모 클리닉**
차별화된 두피 탈모 전문 병원, 개인별 맞춤 서비스 제공

**발머스 탈모 전문 한의원**  홈페이지에서 무료 상담 가능

**아미치 0.3**
탈모 관리 신기술 벤처 기업인 다모코스메틱이 운영 중이다. 발모 촉진 효과가 있는 제품을 개발하여 효과를 인정받음

**미소 드림 한의원**  경기도 일대에서 탈모로 유명하다고 입 소문 난 곳

**스벤슨**  전문 두피 탈모 클리닉의 원조

# 아저씨, 새로운 음식문화와 사랑에 빠지다

# Intro...

**음식은 가장 부드럽게**
**마음의 문을 열어 주는 열쇠가 된다.**

해외여행을 가게 되면 사람들은 그곳의 음식을 가장 먼저 즐기고
맛보려 한다. 또 외국인이 한국에 오면
우리나라의 음식을 자랑스럽게 대접한다.
음식이 그 나라의 문화를 대변하고 있기 때문이다.
된장찌개를 사랑하고 보신탕으로 여름의 열기를 식히는 것은
한국 남성들의 보편적인 성향이다. 먹을 것에 대한 기호는
오랜 기간에 걸쳐 형성된 것이기 때문에 그만큼 변하기 어렵다.
유학 시절, 같은 유학생 한국 남자와 사랑에 빠져 결혼에 성공한 A씨.
그녀는 유학 시절 그렇게 음식을 잘해 주고 가정적이던 남편이
한국에 돌아온 지 1년도 안 돼 집에서는 손 하나 까딱 안 하는
전형적인 한국 남자로 변해 버렸다고 푸념한다.
무엇이 이들을 그렇게 멋없는 남자로, 보수적인 남편으로 만든 것일까.

**중년 남성에게 음식문화의 변화를**
**기대하고 요구하는 것은 '오픈 마인드'와 관련 있다.**

해외에 나가서는 누구나 다 '오픈 마인드'가 된다.
비싼 비행기 표를 끊고 온 낯선 타지에서
여행객은 현지인이 되고 싶어한다. 또 여행지의 진짜 모습을
오롯이 느끼고 싶은 욕망이 사람들의 가슴을 열게 만든다.
태국에 놀러가서는 똠양꿍(태국의 된장찌개에 해당하는 국 종류로 특유의 향 때문에
외국인이 즐기기 쉽지 않다.)을 잘 먹게 되고 유럽의 카페에서는

파스타를 잘 먹게 되는 것도 바로 이 때문이다.
하지만 여행이 준 선물 '오픈 마인드'는 그때뿐이다.
한국 남자들의 특징은 한국에 돌아와서는
전형적인 한국 남자가 된다는 것이다.
한국에서 "식사하셨어요?"라는 말이 인사말이 된 이유는
그만큼 배를 많이 곯았기 때문이라고 한다.
먹고살 만해진 요즘도 여전히 사람들은 "식사하셨느냐?"고 묻는다.
하지만 배를 불리기 위해 음식을 먹던 시대는 지나갔다.
오페라를 보러갈 때 정장을 입는 것처럼 여가를 즐기는 데도,
음식을 즐기는 데도 문화가 필요한 때다.
그게 세련된 삶의 모습이고, 삶의 질을 대변해 주기 때문이다.

## 중년 남성이 음식을 대하는 태도는 무척 폐쇄적이다.

어쩌다 한 번 아이들과 부인의 성화에 못 이겨
패밀리 레스토랑에 가서는 나올 때
"이 가격이면 복요리를 먹었을 텐데……."라고 한마디 덧붙여
가족들의 마음을 상하게 한 적은 없는지 생각해 보자.
여직원에게 뭘 먹고 싶으냐고 물어 가게 된
이탈리안 레스토랑에서 괜스레 맛없다며
타박을 줘 여직원을 무안하게 한 적은 없는지 기억을 더듬어 보자.
당신이 마음의 문만 연다면 이름도 들어보지 못한
수많은 맛깔스러운 음식들이 당신의 입으로 들어갈 준비를 할 것이다.
당신 스스로 '나는 이런 음식을 싫어해.'라고
주문을 걸고 있지는 않은지 고민해 봐야 한다.

# 된장찌개 VS. 파스타

food 食.

## 뉴요커가
## 따로 있나

'브런치' 하면 된장녀가 떠오르고, 된장녀 하면 스타벅스가 떠오르고, 스타벅스 하면 미국이 떠오르고, 미국 하면 뉴욕이 떠오른다. 뉴요커가 별건가. 브런치 먹고 커피 마시면 되지.

　많은 여성들이 '허세 근성' 된장녀를 욕하지만 자신이 '워너 비 된장녀'라는 사실은 애써 숨긴다. 명품 백을 들고 여유롭게 커피를 마시며 브런치를 즐기는 젊은 여성. 개인적으로 된장녀를 어떻게 바라볼 것인가에 상관없이, 커피 한 잔의 여유를 즐긴다는 점에서는 손을 들어 주고 싶다.

**아저씨, 록밴드를 결성하다**

원고를 쓰러 종종 들른 분당 정자동 브런치 카페에 어느 날 넥타이를 맨 중년 남성 네 명이 문을 열고 들어왔다. 일순간 유모차를 대동한 30대 중반의 주부 된장녀 테이블, 영어 소설 강독을 하던 영어스터디 40대 주부 된장녀 테이블, 근처 영어학원에서 강사를 하고 있음직한 파란 눈에 금발 머리 된장녀 테이블의 시선이 문 쪽으로 쏠렸다. 혼자 앉아 있는 내가 만만해 보였는지 옆 테이블에 자리를 잡는다. 늦은 점심에 배가 고픈 그들 메뉴판을 잠시 보더니 내가 먹고 있는 치즈오믈렛 세트에 관심을 보인다.

"저거 주세요."

아니나 다를까. 내 접시를 손가락으로 가리킨다. 어쨌든 그들의 점심식사는 성공적이었다. 수다 없는 식사였고, 먹자마자 자리에서 벌떡 일어났지만 그들의 첫 브런치인 것 같았다. 팀장으로 보이는 듯한 40대 남성의 말 한마디가 엄지손가락을 올리게 만들었다.

"맛있네. 다음에 여직원들이랑 함께 오지."

와우! 대한민국 중년 남성들의 변화를 몸소 체험한 순간 원고가 날아가기 시작한다. 핑크 와이셔츠에 하늘색 넥타이를 멋들어지게 맨 당신이 바로 '욕심쟁이 꽃중년'이다.

# 브런치 즐기는
# 남자

'브런치'란 '브렉퍼스트(breakfast)'와 '런치(lunch)'의 합성어로 미국에서 시작된 말이다. 프랑스에서는 '데죄네 아 라 푸르셰트(dejeuner la fourchette)'에 해당한다.

평균적으로 오전 11시부터 오후 2시까지 여는 브런치 식당들은 오믈렛 등 계란 요리를 기본으로 샐러드와 야채 그리고 뜨거운 팬케이크 또는 와플을 곁들인다. 또는 파스타와 해산물 요리, 과일과 과자 등으로 구성되는 미국식 메뉴와 뜨거운 크루아상에 진한 커피를 곁들이는 프랑스식의 메뉴를 내놓는다.

스타일 업종에 종사하는 정 모(41) 씨는 '브런치 마니아'다. 신사동 가로수길에 위치한 브런치 카페는 그의 단골 가게. 살랑이듯 내리쬐는 따사로운 햇살을 맞으며 신선해 보이는 형형색색의 먹음직스러운 음식들을 앞에 놓고 한 권의 책과 커피 한 잔을 즐길 때가 가장 즐거운 시간이다. 그가 브런치 문화를 접하게 된 것은 그리 오래된 일은 아니다. 업무상 해외 출장이 잦았던 탓에 외국 호텔이나 카페에서 어김없이 브런치를 맛봤고, 그 여유로움과 자유로움에 빠져들었다.

**아저씨, 록밴드를 결성하다**

살랑이듯 내리쬐는
따사로운 햇살을 맞으며
신선해 보이는
형형색색의 먹음직스러운
음식들을 앞에 놓고
한 권의 책과
커피 한 잔을 즐기다.

브런치의 장점은 혼자 먹어도 전혀 어색하지 않다는 점이다. 지인들과 자유로운 대화의 장을 마련하기 위해서도 단골 카페를 찾지만, 혼자서도 전혀 어색하지 않아 더욱 즐겁다. 평소 거르기 쉬운 아침식사도 해결하면서 건강도 챙길 수 있으니 일석이조라고 극찬한다.

대기업 이사 김 모(53) 씨는 25년 전 한창 혈기 왕성하던 젊은 시절의 기억 때문에 브런치를 찾는다. 고생하면서도 행복했던 유학 생활 시절이 그리울 때면 특급 호텔에서 마련하고 있는 브런치 타임을 찾아 당시를 추억하곤 한다는 것이다. 비록 돈이 궁했던 유학 시절에 먹은 싸구려 와플에 소시지와 커피는 아니지만, 그때 그 시절을 함께했던 지인들과 만나 당시 에피소드를 끄집어내며 한바탕 웃음판을 벌이다 보면 스트레스가 한 방에 날아가는 기분을 느끼게 된다.

그는 "성공을 위해, 가족을 위해 사회생활에 시달리다 보니 요즘은 예전 젊었을 때의 그 마음이 사라진 것 같은 아쉬움을 느낄 때가 많다. 그런 날이면 브런치를 즐기며 나를 찾는 시간을 갖는다."며 웃음을 띤다.

브런치의 장점은
혼자 먹어도
전혀 어색하지 않다는 점이다.

아저씨, 록밴드를 결성하다

# 유학파가 선도한
# 브런치 붐

느지막이 일어나 따뜻한 햇살을 맞으며 야외 테라스에 앉아 와플과 소시지 그리고 한 잔의 주스와 함께하는 여유로운 식사, 아쿠아블루 빛 브이넥 니트에 베이지색 치노팬츠를 입고 지인들과 담소를 나누는 풍경은 외국 영화에서 어김없이 등장하는 브런치 타임의 모습이다.

불과 10년 전에는 고급 호텔 외에는 찾을 수 없던 브런치 식당이 현재 300여 개 넘게 운영 중이다. 최근에는 중식당에서 딤섬을 브런치로 내놓고 있는가 하면, 일식당에서는 일식 브런치 메뉴를 내놓고 있을 정도다. 심지어 브런치가 맛있기로 소문난 식당들은 평균 2만 원이 넘는 높은 가격에도 불구하고 미리 예약을 하지 않으면 안 될 정도로 폭발적인 인기를 누리고 있다.

외식업 컨설팅 업체 장루하를 운영 중인 유지영 대표는 한국의 브런치 붐에 대해 "외국의 문화를 접해 본 중년들이 다시 브런치 문화를 즐기고 있다."며 "음식은 감성을 먹는 것인 만큼 가장 어려웠던 시절 먹었던 '소울 푸드', 즉 중년들이 가장 젊은 청년이고 아름다웠던 시절 먹었던 음식을 접하면서 추억에 심취하게 된다."고 말한다. 그리고 "된장찌개보다 연한 아메리카노와 달콤한 와플을 먹는 것이 매력적인 상황이 된 것"이라고 분석했다.

십수 년 전 유학 시절의 추억에 대한 향수 그리고 출장 차 찾은 해외에서 느꼈던 자유로움에 대한 그리움 등이 중년들을 브런치 문화로 이끌고 있다는 말이다. 특히 캐주얼한 분위기의 회의를 원할 때면 브런치 식당을 찾기도 한다.

느지막이 일어나
따뜻한 햇살을 맞으며
야외 테라스에 앉아 먹는 브런치…
음식이 아니라 감성을 먹는다.

# 아저씨도
# 브런치를
# 먹기 시작했다

압구정동과 청담동, 신사동 가로수길, 이태원, 분당 정자동 일대 브런치 카페. 길게 줄을 선 진풍경이 연출될 정도로 이제 브런치는 국내에서도 어색하지 않은 음식이 됐다. 하지만 아직까지 브런치 문화는 외국 문화를 접해 본 그리고 풋풋한 젊음을 갖고 있는 2030 젊은이들의 문화로 인식된다. 외국에서는 남녀노소 할 것 없이 모두 즐기는 브런치 문화임에도 불구하고 말이다.

하지만 최근에는 조금씩 달라지는 모습이 보인다. 구수한 된장찌개와 김이 모락모락 나는 밥 한 공기에 대한 진한 애정을 갖고 있던, "이 나이에 저런 걸 먹으면 소화가 되나!" "나에겐 김치가 최고야!"라고 외치는 중년 남성들이 브런치를 먹기 시작했다.

이들이 브런치를 먹기 시작한 이유는 다양하다. 첫 번째 이유는 '맛' 때문이다. 모든 음식의 흥행 공식이 그렇듯 브런치는 의외로 맛있고 영양가도 풍부하다. 풍부한 향과 맛을 자랑하는 정통 소시지와 갓 구운 빵, 살살 녹아드는 스크램블드에그, 진한 커피. 해외여행 시 특급 호텔에서 즐겼던 아침식사를 떠올리게 한다. 브런치의 경쟁력 1호는

아저씨, 록밴드를 결성하다

바로 맛이다.

두 번째 이유는 '여성과의 공존' 때문이다. 여성들 거의 대부분은 브런치를 좋아한다. 이탈리안 음식을 좋아하듯 분위기를 따지고, 식사와 함께 여유 있는 수다를 원하기 때문이다. 여성에게 브런치는 신이 내린 음식임이 분명하다. 이렇게 선호도가 분명한 여성을 와이프로 두고 있는 남성은 어쩔 수 없이 주말마다 브런치를 즐길 수밖에 없다. 억지로 시작한 브런치 문화지만 그 맛을 알게 되면 빠져나올 수 없게 된다. 하겐다즈 녹차 아이스크림에 조금씩 빠져드는 것과 같은 원리다.

# 브런치의
# 두 번째 이유는
······
## 여성과의 공존

# 초록뱀미디어 김승욱 부사장

〈올인〉, 〈불꽃〉, 〈주몽〉, 〈거침없이 하이킥〉 등의 드라마를 제작한 초록뱀미디어의 김승욱 부사장은 이제 40대의 길로 들어섰다. 그는 한 달에 절반 정도는 해외 출장을 다녀야 할 만큼 빽빽한 스케줄을 소화한다. 양질의 콘텐츠를 해외에 수출하여 한류를 불 지피기 위해 불철주야 발로 뛰어야 하는 피곤한 상황 속에서 그에게 위안거리가 있다면, 정통 브런치 문화를 즐길 수 있다는 점이다.

그는 "외국 사람들과 부딪기면서 그들의 브런치 문화를 배우게 됐다. 외국 사람들과 만나서 회의를 해야 할 때면 그 지역에서 유명한 브런치 집을 찾게 되기 때문"이라고 설명했다. 그래서일까. 홍콩이나 일본, 싱가포르, 파리 등지에서 맛봤던 약 2시간 동안의 브런치 타임은 그의 인생에 신선한 행복감을 가미하기에 충분했다.

그는 "처음에는 커피 맛을 알게 됐고, 거기에 곁들여지는 음식들의 조화를 알게 되면서 브런치의 매력에 빠져들었다."며 "바쁜 순간 속에서 짧은 '망중한'을 보낼 수 있다는 것이 좋았다. 여유로움에 대해 항상 가지고 있던, 소위 '동경심'을 해소할 수 있었기 때문인 것 같다."고 밝혔다.

맛있는 커피와 음식 외에 그는 브런치의 또 다른 매력으로 브런치 카페들이 가지고 있는 '맛있는 분위기'를 꼽았다. 홍콩 소호의 언덕 꼭

김승욱 씨는 브런치의 시간이
망중한의 시간이라고 한다…….

대기에 위치한 브런치 카페, 바닷가에 위치했던 일본의 브런치 식당 등은 고급 레스토랑과는 사뭇 다른 여유로움을 선사하기 때문이다.

그는 주말이면 이태원과 서래마을 그리고 가로수길의 단골 브런치 카페를 찾아 버터와 시럽을 듬뿍 넣은 달콤한 토스트와 스크램블드에그, 베이컨 두 조각과 셧(shot, 커피 원액)을 하나만 넣은 연한 아메리카노를 곁들인 브런치를 즐긴다. 이태원에서는 미국식, 서래마을에서는 프렌치식, 가로수길에서는 영국식 브런치가 일품이라는 귀띔도 준다. 특히 그는 브런치를 먹을 때는 커피가 에스프레소인지 또는 아메리카노인지에 따라 함께하는 음식을 달리해야 한다고 조언하기도 했다.

그는 "브런치는 선글라스를 끼고 먹어도 어색하지 않은 자유로움을 갖고 있다. 특히 한식 같은 경우 혼자 먹으면 처량해 보일 때가 많지만 브런치는 그렇지 않다. 그때만큼은 나만의 시간을 즐길 수 있다."고 말했다.

그는 최근 국내에 브런치 문화가 확산된 것이 마냥 행복하다. 그는 "일본에는 이미 평범한 베이커리에서도 브런치를 즐길 수 있을 정도로 브런치 문화가 주류를 이루고 있다."며 "그동안은 외국에서만 맛볼 수 있는 맛으로 알았는데, 최근에는 국내에서도 외국 못지않은 브런치들을 접할 수 있게 돼서 즐겁다."고 말했다.

# 酒. alcohol

## 아저씨,
## 폭탄주에서
## 벗어나다

벤처 기업의 CEO였던 전 모(48) 씨는 해외 출장이 있을 때마다 와인을 사오는 것이 취미였다. 그러던 어느 날 부부싸움 끝에 바람을 쐬러 나갔다가 잠시 후 집으로 들어왔는데, 입에 술을 대본 적도 없는 부인이 홧김에 그가 아끼던 와인 두 병을 혼자 뚝딱 해치운 것을 발견했다. 순간 그는 부부싸움을 했다는 사실도 잊고 아쉬움에 가슴을 치며 아내에게 물었다고 한다. "그런데 저 와인 어떤 맛이었어?"

그가 와인에 빠진 것이 그리 오래된 일은 아니다. 술이면 소주와 맥주밖에 몰랐고, 그나마 비즈니스를 위해 만난 사람들과 폭탄주를 돌리기 일쑤였던 그는 건강검진 결과 간과 위가 위험 수위라는 진단을 받았다. 이후 그는 저알코올에 동맥경화까지 예방하는 효능을 가지고 있는 와인으로 주종을 바꿨고, 그 매력에 흠뻑 빠지게 됐다.

그는 "한 잔 털어 넣으면 몸이 뜨거워지는 여느 독주와는 비교할 수 없는 오묘한 매력이 있다. 한 모금을 삼킬 때마다 목에서 느껴지는 다양한 맛의 아름다움을 경험해 본 사람들이라면 와인에 빠지게 돼 있다."고 와인 예찬을 펼친다.

히딩크 전 국가대표 감독과 이건희 삼성그룹 회장 등은 대표적인 와인 마니아다. 월드컵 4강 신화에 빛나는 히딩크 감독은 월드컵 16강 진출을 확정하고 난 후 '샤토 딸보' 98년산을 마시며 휴식을 즐겼을 정도로 와인 애호가다. 또 이건희 삼성그룹 회장은 국내 와인 문화를 선도하는 리더로 꼽힐 정도로 와인을 사랑한다. 또 역사적으로 볼 때 처칠과 나폴레옹 등 한 세기를 풍미했던 인물들 대부분은 와인에 대한 뜨거운 애정을 갖고 있었다.

세기의 인물들이 와인에 집착하는 이유는 무엇일까. '와인은 신이 인간에게 내린 최고의 선물'이라는 그리스 철학자 플라톤의 말처럼 와인에는 자신의 삶을 사랑하고자 용기를 내고 있는 사람들에게 삶의 윤활유가 되고 있는 그 무엇인가가 있기 때문이 아닐까.

아저씨, 록밴드를 결성하다

부부싸움을 했다는 사실도 잊고
아쉬움에 가슴을 치며
아내에게 물었다.

"그런데 저 와인 어떤 맛이었어?"

# 문화와 예술로 즐기는 와인 파티

외국계 기업 마케팅 전무인 이 모(56) 씨는 일주일에 한 번 와인 학교 수 강생들과 와인 파티를 즐기는 와인 마니아다. 외국계 기업인 만큼 업무 차 만나는 사람들과 와인을 겸한 식사를 주로 하게 되면서 와인 공부에 대한 필요성을 느꼈고, 양재동에 위치한 'BWS 강남와인스쿨'에서 운 영 중인 CEO 과정에 수강 신청을 하였다. 그 후 그는 와인을 먹는 매너 와 전 세계 각국에서 공수돼 오는 와인에 대해 공부하고 있는 중이다.

특히 와인 공부를 마친 후 회원들과 즐기게 되는 '애프터 와인 파 티'는 그의 삶에 활력소가 되는 부분이다. 와인 한 잔을 놓고 회원들과 함께 문화와 예술 그리고 역사에 대해 이야기를 나누다 보면 시간 가는 줄 모르는 경우가 대부분일 정도다. 특히 이제 대학생인 아이들이 와인 에 심취하면서부터는 와인을 놓고 가족끼리 대화를 나누는 일도 많아 져서 그동안 일에만 파묻혀 살던 무관심한 아빠에서 자상한 아빠로 변 신할 수 있는 일석이조의 효과를 내고 있다.

그는 "독일 와인을 보면 독일에 대한 이야기를, 프랑스 와인을 보 면 프랑스에 관한 역사와 영화 그리고 음악과 미술 등의 이야기가 골고

아저씨, 록밴드를 결성하다

# 하나의 예술작품 같은 와인 디켄더

루 나오게 된다. 딱딱한 업무에 찌들어 피로감을 느끼는 날이면, 이런 자유로운 대화들이 나를 찾게 하는 자신감을 느끼게 해준다."며 "4개월 수강비 250만 원이 전혀 아깝지 않다."고 말했다.

롯데, 신세계, 현대백화점에서 운영 중인 문화센터에는 중년층을 위한 와인 강좌가 매번 마감 사례를 기록한다. BWS 강남와인스쿨 등 사설 와인 학원들도 인기를 모으며 중년 와인 마니아들의 발길을 끌어 모으고 있다.

BWS 강남와인스쿨 이동현 원장은 "와인을 맛과 향으로만 즐기는 것이 아니라, 문화와 지식으로 즐김으로써 와인에 대한 애정이 일반 여느 주류와 비교할 수 없을 만큼 높아지고 있다. 이 결과 다른 주류와 달리 와인 관련 온라인 모임을 비롯해 와인 학교 등도 성황을 이룬다."고 중년층의 두드러진 와인 사랑을 전했다.

특히 중년층이 와인에 더욱 관심을 가지는 이유는 추억과 함께 지적 호기심을 충족시킬 수 있다는 점도 작용한다. 프랑스, 칠레, 이탈리아, 스페인, 호주 등 다양한 곳에서 수입돼 들어오는 와인을 나누다 보면 문화와 예술 그리고 역사에 대한 지식을 나눌 수 있는 지적인 면모가 생성되기 때문이다.

그 외 그림, 음악, 영화 등 와인과 관련한 다방면적인 이야기는 그동안 공감대가 있는 누군가와의 '수다'가 절실히 필요했던, 마음 한 편이 외로웠던 중년층 아저씨들에게 적절한 위로가 될 수 있다.

아저씨, 록밴드를 결성하다

# 웰빙을 부르는
# 와인의 풍미

와인은 여느 알코올과 달리 건강에 도움이 된다는 점이 매력적이다. 레드 와인 최대 생산지인 프랑스인들이 하루 지방 섭취율이 40퍼센트가 넘는 가운데서도 심장병 사망률은 미국의 3분의 1에 불과하다는 통계는 건강식품으로서 와인의 효능을 입증하는 셈이다. 노화 방지는 물론 칼슘 흡수를 도와 골다공증을 예방하고 수면을 돕는 등 '웰빙' 요소가 충분하다는 점은 한창 건강 걱정이 시작되는 중년 남성들에게 더없이 매력 있다.

하지만 '좋은 것도 과하면 독이 될 수 있다.'는 말처럼 와인의 매력에 흠뻑 취해 '오버레이스'를 달리는 일은 범하지 말자. 보통 12~15퍼센트 알코올이 함유돼 있는 레드 와인을 한 병 이상 날마다 마실 경우 간에 손상을 줄 뿐만 아니라 고혈압 등의 부작용을 일으킬 수 있다.

그렇지만 와인은 마시는 격식이 따로 있기 때문에 방탕하지 않은 술자리 문화를 만들 수 있다. 잔에 생맥주를 채우듯 와인을 가득 따르는 것은 예의가 아니다. 글라스가 큰 잔이면 약

스타일은 죽지 않았다
다만 진짜로 몰랐을 뿐이다

5분의 1잔, 작은 잔이면 약 3분의 1잔 정도로 따르는 것이 적당하다. 그렇지 않으면 향긋한 와인 향기를 맡기가 어려워지기 때문이다.

간략하게 와인 마시는 예절을 알아보자. 레드 와인은 첨잔으로 따르고, 온도에 영향을 많이 받는 화이트 와인은 바닥이 보일 때쯤 따르는 것이 좋다. 특히 와인을 마시기 전에는 냅킨으로 입을 닦아 잔에 기름기가 묻지 않도록 해야 한다.

또 음식과 와인이 입안에서 섞이게 되면 와인 특유의 섬세한 풍미가 없어지기 때문에 입안에 음식물을 넣은 채 마시지 않도록 해야 한다. 와인을 마실 때는 적당히 한 모금을 머금고 입안에서 씹듯이 서서히 굴리며 맛을 만끽하는 것이 풍미를 즐기는 방법이다.

# 전문가들이 끊중년에게 추천하는 와인

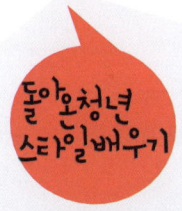

돌아온청년
스타일배우기

## 그랑비아 스위트 레드 (GRANVIA SWEET RED)
• **생산지** : 스페인  • **향과 맛** : 블랙베리의 달콤함이 입안 가득 전해지며, 초콜릿의 쓴맛과 더불어 적당한 탄닌의 맛이 느껴진다.  • **어울리는 음식** : 과일과 치즈, 육류와 잘 어울린다.

## 빈 7479 (Vin 7479)
• **생산지** : 칠레  • **향과 맛** : 붉은 과일 향과 숲에서 느껴지는 은은한 향이 느껴진다.
• **어울리는 음식** : 구운 고기, 치즈와 잘 어울린다.

## 파눌 까베르네 쇼비뇽 리저브
### (PANUL CABERNET SAUVIGNON RESERVE)

• **생산지** : 칠레  • **향과 맛** : 100퍼센트 까베르네 쇼비뇽으로 생산한 와인으로 진한 루비 빛을 띠고, 체리, 건포도 그리고 민트향을 가지고 있으며, 스파이시한 맛과 블랙베리의 부드러움이 함유돼 있다.  • **어울리는 음식** : 치즈, 훈제 연어, 베이컨, 과일과 잘 어울린다.

## 빈 8279 (Vin 8279)

- **생산지** : 프랑스　　• **향과 맛** : 강렬한 붉은색을 띠며 향신료와 검은색 과일향이 강하다. 입안에서 부드럽게 퍼지는 맛이 일품이다.　　• **어울리는 음식** : 구운 고기, 치즈와 잘 어울린다.

## 진다래 까베르네 쇼비뇽 2006 (JINDALEE CABERNET SAUVIGNON 2006)

- **생산지** : 호주　　• **향과 맛** : 보라색이 감도는 루비 색으로 강한 블랙 커런트와 자두향이 난다.
- **어울리는 음식** : 구운 고기, 치즈와 잘 어울린다.

대기업 임원 정 모(53) 씨는 중요한 손님을 만날 때면 롯데호텔 38층에 위치한 전문 사케 바를 빌린다. 예전 같으면 삼겹살에 폭탄주를 나눠 마시며 의기투합하곤 했지만 그 다음 날이면 여지없이 몰려오는 숙취 때문에 괴로웠던 적이 한두 번이 아니기 때문에 바꿔 보기로 한 것이다. 그는 부하 직원의 소개로 우연히 사케를 접하고 나서 사케의 매력에 푹 빠졌다.

알코올 도수가 15도 안팎으로 높지 않고 종류도 다양해 골라먹는 재미가 있는데다 와인을 먹을 때면 늘 격식을 차려야 하는 부담이 있었다면 사케에는 그런 거추장스러움이 없기 때문이다. 그는 "주위에서 와인을 즐기는 것이 격식 있어 보인다고 해서 배워 보려고 했지만 사실 입에 잘 맞지 않았다. 특히 안주도 푸짐하게 먹을 수 없고, 한 잔을 오래 음미해야 하는 것도 낯설었다."고 털어놓은 후 "출장 차 자주 찾았던 일본의 음식 문화가 고스란히 담겨 있어 그것을 즐기는 재미도 있는 것 같다."고 말했다.

와인에 몰두했던 중년들 중 일부가 이제는 사케로 이동 중이다.

강남, 신사동 가로수길, 압구정동, 청담동 일대를 비롯해 이태원과 광화문 일대에 있는 사케 바에는 멋과 맛을 즐기려는 중년 세대들이 자리를 차지하고 있다.

중년에게 새로운 '술바람'을 일으키고 있는 '사케(酒)'란 원래 일본어로 '술'을 총칭한다. 우리가 사케라고 부르는 것을 일본에서는 원래 '니혼슈(日本酒)'라고 부른다.

보통 사케라고 하면 겨울에 따뜻하게 데워 먹는 술로 생각해 왔지만 정확히 말하자면 쌀로 만든 '청주'를 말한다.

사케는 알코올 도수가 15~17도여서 맥주보다는 강하고, 소주보다는 약하다. 젊은 시절 소주파였던 사람들이 중년이 되면서 독한 소주의 대안으로 사케를 마시기 시작한 것이다.

사케는 와인과 비슷한 점도 많다. 좋은 재료를 가지고 만든 '웰빙주'라는 점, 2,000여 개가 넘는 종류를 보유하고 있다는 점 등이다. 특히 와인처럼 입안에 들어가면 특유의 향취를 낸다. 그래서 마시기 전 코로 느끼는 향으로 먼저 맛보고, 마실 때 입안 전체로 굴리며 뒷맛을 느끼는 여유를 누릴 수 있다. 그래서일까. 사케에도 와인 소믈리에처럼 맛을 감별하는 소믈리에가 있다.

와인을 배울 때 '샤또'나 '무똥' 같은 생소한 와인 용어 때문에 어색한 경험이 있을 것이다. 하지만 사케 또한 어느 정도의 용어를 익혀야 제대로 된 맛을 경험할 수 있다. 하지만 와인처럼 복잡하지는 않다.

사케는 쌀로 만드는 술인 만큼 쌀을 얼마나 깎아 내느냐(정미율)가

사케는 2,000여 개가 넘는
종류를 보유하고 있다.

관건인데, '다이긴조(大吟釀)', '긴조(吟釀)', '준마이(純味)', '혼조조(本釀造)', '후쓰우(普通)' 등 5등급으로 나뉜다. 쌀을 많이 깎을수록 고급 사케로 친다. 쌀에 있는 단백질 성분은 술 맛을 떨어뜨리기 때문에 쌀을 깎아 단백질을 최대한 줄인다. 최고급으로 불리는 다이긴조는 50퍼센트 깎아 낸 쌀로 만들며, 긴조는 40퍼센트 깎은 쌀로 만든다. 30퍼센트 깎은 것은 준마이와 혼조조인데, 알코올을 추가했을 때 혼조조로 불린다.

맛에서도 표현법이 다르다. 아마쿠치는 단맛, 가라쿠치는 드라이한 맛을 지칭한다. 보통 사케 병에 붙어 있는 라벨에 맛에 대한 수치가 적혀 있는데 제로(0)를 기준으로 마이너스(−)는 단맛, 플러스(+)는 드라이한 정도를 나타낸다.

가장 많이 오해하는 부분은 사케를 데워 마시는 술로 알고 있다는 점이다. 하지만 실제로 사케는 차게 해서 마셔야 향을 제대로 음미할 수 있다. 그래서 복어 지느러미를 태운 것을 넣어 중탕해서 마시는 '히레사케'의 경우 대체로 싼 술을 사용할 확률이 높다. 고급 사케일수록 고유의 풍미를 음미하기 위해 냉장 보관하거나 얼음을 띄워 차가운 상태로 마시는 것이 좋다.

**아저씨, 록밴드를 결성하다**

# 전문가들이 꼭 중년에게 추천하는 사케

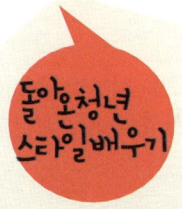
돌아온청년
스타일배우기

## 핫카이산 다이긴조
핫카이산은 세계적으로 유명한 최고급 쌀 생산지인 일본 니가타 현의 쌀로 만들어지는 최고급 사케다. 장기간 저온으로 발효시켜 풍부한 향과 담백하고 깔끔한 맛을 낸다. 차갑게 마시면 더욱 좋다.

## 오토모야마 도쿠베쓰 준마이
홋카이도 지방의 대표 사케로 세계 주류 콩쿠르에서 33년 연속 금메달을 지켜 왔던 제품이다. 쌉쌀한 맛이 우리나라 청주 맛과 비슷해 인기다.

## 월계관 준마이다이긴조
국내에서 사케 브랜드로 유명한 월계관에서 선보이고 있는 최고급 사케다. 50퍼센트 이상 도정한 쌀만을 사용하고 숙성시켰다는 것이 특징이다. 무게감 있는 맛 때문에 특히 남성들에게 안성맞춤이다.

## 에치코 쓰루가메 다이긴조

황태자 성혼 축하주로 이름 높은 명품 사케. 깊이 있는 맛과 깔끔한 뒷맛을 느낄 수 있다.

## 메이보 요와노쓰키 준마이긴조

'요와노쓰키(야밤의 술)'는 미국 내에서는 '미드나이트 문'으로 불리며 인기를 모으고 있다. 진하지 않은 향과 깔끔한 뒷맛을 가지고 있어 사케 초보자들도 쉽게 접근할 수 있다.

## 구보타 만주

170년의 전통을 지켜온 구보타 브랜드의 최상위 등급으로 정미율 50퍼센트 이상의 준마이슈로 다이긴조 등급에 해당한다. 한정 생산, 판매되는 만큼 국내에는 매월 400병 정도가 수입된다.

## 하쿠쓰루 준마이긴조

장인의 숙달된 기술로 빚어진 기품 있는 긴조 향과 부드러운 맛을 가지고 있다. 정미율이 50퍼센트인 하쿠쓰루의 무등급 다이긴조로 깊은 맛을 좋아하는 분들을 위한 사케다.

**사진제공 : 압구정 토모요**

# 解酲. drinking to relieve a hangover

## 해장국이 진화하고 있다

컨설팅 회사에 다니고 있는 최 모(48) 씨는 술 마신 후 속 풀이를 할 때면 으레 일본 생라멘 집을 찾는다. 1년 전 만 해도 해장으로 복국 아니면 콩나물국, 북엇국을 찾던 최씨. 회식 후 속풀이로 생라멘을 찾는 젊은 후배들의 모습을 보며 "아직 젊으니까 저렇게 속 풀이를 할 수 있구나."라고 생각하며 의아해했다.

하지만 우연히 생라멘을 접하고 난 후 태도는 180도 바뀌었다. 일본 된장과 청양고추, 양파를 넣어 우려 낸 생라멘 국물은 이제껏 접해 오던 진한 해장국과는 전혀 다른 매력을 줬다. 그는 "오히려 얼큰한 국물을 먹고 난 후에는 더 속이 쓰린 경우가 있었다. 그에 비해 된장을 기본으로 하는 일본 라멘은 순하게 속을 풀어 주는 힘이 있다. 그동안 '젊은이들의 문화'라고 생각하며 외면해 왔던 일본 생라멘 집을 이제는 어색하지 않게 드나들 수 있다. 이제는 중년 세대들도 그동안 고수해 오던 생각을 바꿔야 한다."고 목소리를 높였다.

술 마신 다음 날 아침이면 속이 쓰리고 머리가 지끈거리며 현기증이 나는 등 숙취 증상을 느끼게 된다. 해장이란 이런 현상을 완화하기 위해 강제로 오장의 순환을 촉진시키는 것을 뜻한다. 말하자면 자신의 몸 안에 있는 알코올 기운을 소화시키고 외부로 밀어내는 작업을 하는 것이다. 결국 지난밤 "부어라, 마셔라." 하며 몸속에 들이부은 알코올의 소화와 해독이 가장 관건이다. 독한 술은 위염과 위궤양의 원인이 되기 때문에 술 마신 후 해장의 과정은 중요하다.

중년들의 해장국이 진화하고 있다. 이미 젊은 층들은 해장용으로 콩나물과 감자탕 대신 '자신만의 해장국'을 찾아나선 지 오래됐다. 중년들 또한 복국과 북엇국 등 음주 후 전통적인 속 풀이용으로 각광받던 음식에서 벗어나 '나만의 해장국'을 찾아 나서고 있다. 이로 인해 간편하고 순하게 즐길 수 있는 일본 생라멘이나 베트남 쌀국수 등이 해장용으로 화려하게 부상 중이다. 여느 해장국에 비해 1.5~2배 비싼 가격에도 불구하고 해장을 필요로 하는 직장인들이 많은 곳에는 일본식 라멘 집이나 쌀국숫집이 줄줄이 문을 열고 있는 이유다.

**아저씨, 록밴드를 결성하다**

# 라면으로
# 해장한다고?

일본 생라멘 업체 '라멘만땅' 관계자는 "일본 생라멘이 국내에 소개됐을 때만 해도 다소 이질적인 젊은이들의 문화로 여겨 왔지만 요즘은 오히려 중년들이 더 즐겨 찾고 있어 놀랍다."며 "그중에서도 청양고추와 양파를 넣어 국물이 얼큰한 '탄탄멘'이 숙취 해소용 해장 음식으로 가장 인기를 끌고 있다."고 밝혔다.

생라멘이 인기를 끄는 이유는 숙취 해소에 좋은 효능 때문이다. 생라멘은 사골로 우려 낸 육수와 부추, 숙주, 죽순, 다시마 등 몸에 좋은 각종 재료들을 넣고 우려낸다.

특히 재료로 들어가는 부추는 위장을 튼튼하게 해주며, 숙주는 아스파라긴산과 아르기닌과 같이 숙취 해소에 좋은 성분을 함유하고 있어 해장에 도움을 준다. 특히 미소 라멘의 주원료인 된장은 항암 효과와 함께 체내 발열 기운을 활성시켜 몸을 따뜻하게 하는 효능이 있다. 기름에 튀기지 않은 신선한 면을 사용한다는 것도 장점이다. 인스턴트 라면에 비해 열량도 50퍼센트에 지나지 않아 건강, 다이어트, 맛까지 책임지는 '1석 3조'의 효과를 발휘한다.

↟↟미소 해물 라멘
↟미소 라멘

숙취 해소용으로 인기를 끌고 있다는 탄탄멘은 중국 사천 지방에서 유래된 라면으로 사천 음식답게 달고, 시큼하며, 얼얼하고, 맵고, 쓰며, 향긋하고, 짠, 일곱 가지 맛을 모두 담고 있다. 돼지 뼈와 생닭을 일본 전통 방식으로 푹 고아 낸 육수에 청양고추와 양파를 사용해 감칠맛이 도는데다 기름지지 않고 얼큰하며, 고기 국물이라 든든하다는 점에서 숙취 해장용으로 인정받고 있다.

술 마신 다음 날이면 어김없이 생라멘집을 찾는다는 최 모(48) 씨는 "미소(일본 된장)와 각종 야채들이 우려낸 국물이 지쳐 있는 위에 자극을 주지 않으면서 부드럽게 달래 주는 효과가 있다."고 극찬을 아끼지 않는다.

나가사키 짬뽕도 대표적인 숙취 해소용 라멘이다. 우리나라 중국집에서 먹을 수 있는 붉은색 짬뽕이 아니라 희고 뽀얀 국물을 가진 짬뽕이다. 일본 메이지 시대 때 나가사키 시에 있는 중국 음식점의 주방장이 일본에 유학 온 청나라 학생들에게 값싼 보양식으로 먹이기 위해 만들었다고 알려져 있다. 돼지 뼈와 닭 뼈로 우린 국물에 해산물과 숙주와 양배추 등 볶은 채소를 얹혀 내기 때문에 숙취 효과가 높다.

아저씨, 록밴드를 결성하다

# 일본 라멘 종류

돌아온청년 스타일배우기

일본의 라멘은 지역별로 다양한 특성을 갖추고 있다.
특히 국물이나 재료에 따라 사용되는 명칭이 다르다.

## 국 물 별

**시오 라멘**  야채 육수와 뼈 육수를 섞고 소금으로 간을 맞춘 라면
**소유 라멘**  간장으로 간을 맞춘 라면
**미소 라멘**  육수에 일본식 된장을 풀어서 끓인 라면
**돈코쓰 라멘**  돼지 뼈를 우려낸 국물을 사용하는, 후쿠오카 지방의 특산 라면
**탄탄멘**  짭짤한 맛의 중화풍 매운 라면

## 재 료 별

**차슈 라멘**  소유 라멘의 소유 소스로 조린 돼지고기(차슈)를
              얹어 낸 라면
**고마 라멘**  깨를 넣은 라면
**와카메 라멘**  미역 라면
**네기 라멘**  파를 잔뜩 넣은 라면
**모야시 라멘**  숙주나 콩나물을 많이 넣은 라면
**나가사키 짬뽕**  큐슈 라멘의 일종으로 해물을 넣은 라면

차슈 라멘

# 허재의
# 해장국은
# 베트남 쌀국수

홍보대행사 대표인 이 모(45) 씨는 직업상 접대를 위해 빈번한 술자리를 갖는다. 서로 어색한 사이일지라도 술을 먹다 보면 친밀감을 높일수 있고, 이로 인해 자신의 일에 시너지를 얻을 수 있기 때문이다. 하지만 매일이다시피 이어지는 술자리와 그로 인한 두통, 속 쓰림 등 다음날 아침이면 어김없이 찾아오는 숙취 증상은 괴로운 일이었다. 어느새 인이 박혔는지 평소 속 풀이로 애용하던 뼈다귀 해장국으로는 더 이상 해장 효과를 볼 수 없었다. 그때 주변에서 그에게 베트남 쌀국수를 권했다.

무조건 밥과 얼큰한 국물이 들어가야 속이 풀린다고 생각했던 그는 반신반의하며 쌀국수를 접했고, 예상외로 높은 숙취 효과를 본 후 쌀국수 마니아가 됐다. 그는 "예전에는 쌀국숫집에서 풍기는 향신료 냄새 때문에 가기를 꺼려했는데, 이제는 그 냄새가 너무도 익숙해졌다. 주변에 있는 쌀국숫집은 모두 섭렵했고, 이제는 주위 사람들에게도 해장용으로 쌀국수를 권한다."고 예찬론을 펼친다.

프로농구 KCC 허재 감독은 스포츠계의 주당으로 유명하다. 음주

아저씨, 록밴드를 결성하다

기름을 걷어 낸 맑고 시원한 소고기 육수를 사용하는
쌀국수는 우리나라의 맑은고기장국과
맛이 비슷하다.

후 선지해장국을 주로 먹던 그가 최근에는 베트남 국수로 속을 푼다고 공공연히 말할 정도로 베트남 쌀국수의 숙취 효과는 인정받고 있다.

베트남의 쌀국수는 현지에서 '퍼(Pho)'라고 부르는데, 베트남 북부의 하노이가 본거지다. 원래 베트남에서는 색이 붉은 소고기를 금기시해 왔는데, 1880년 중반, 하노이를 점령한 프랑스 군대가 소고기를 요리할 수 있는 방법을 알려 줬다고 한다. 그래서 하노이 사람들이 자신들의 음식인 쌀국수와 함께 소고기를 같이 먹게 되면서 지금의 베트남 쌀국수가 탄생하게 됐다.

특히 베트남 쌀국수는 고기 육수에 숙주, 칠리고추, 양파, 숙주 등의 각종 야채와 소고기 안심, 양지머리, 차돌박이 등을 섞어 먹는다는 점에서 건강과 해장 두 가지를 동시에 만족시키는 효과를 낸다. 또 밀가루 국수와 달리 쌀로 국수를 만들었기 때문에 소화가 잘되고 깔끔하고 담백한 맛을 낸다.

흔히 우리나라에선 해장국으로 맵고 짜며 얼큰한 것을 선호하는 경향이 있다. 매운 음식을 먹으면서 땀을 흘려야지만 술이 깬다고 생각하기 때문이다. 하지만 술 마신 후에는 위벽이 헐어 얼큰한 해장국 국물로 위벽을 자극하는 것은 오히려 역효과만 일으킬 수 있다.

기름을 걷어 낸 맑고 시원한 소고기 육수를 사용하는 쌀국수는 우리나라의 맑은고기장국과 맛이 비슷하다. 특히 부드럽고 담백한 쌀국수의 국물은 속을 편안하게 하는 데 유용하다. 더불어 숙취 해소에 효과적인 숙주를 듬뿍 넣어 먹는다는 점도 숙취 해소용으로 제격이다. 숙

아저씨, 록밴드를 결성하다

주나물의 비타민과 소고기의 단백질이 원활한 혈액 순환을 도와 혈관 속의 알코올을 배출해 주며, 몸속의 열을 내려 주는 효능이 있는 것이다. 술 꽤나 먹었던 중년들이 이런 점을 간파한 셈이다.

일단 쌀국수를 먹을 때 숙주를 있는 대로 다 넣자. 중간 중간 숙주를 더 요청해도 뭐라 하는 사람은 없다. 양파도 듬뿍 넣자. 그러고는 비타민 C가 풍부한 레몬을 짜서 넣고 곁다리로 준비된 매운 고추를 육수에 넣는다. 숙주의 숨이 죽고 고추가 맛을 내기 시작할 즈음 먹게 되는 국물 맛은 정말 말 그대로 "끝내줘요!"를 연발하게 한다.

# 베트남 쌀국수 맛있게 먹는 법

돌아온청년 스타일배우기

## 국수와 육수 재료에 따른 이름

**퍼(Pho)** 납작하면서 널찍한 면발

**분(Bun)** 우리나라 국수처럼 동그랗게 뽑아 낸 면

**퍼 보(Pho Bo)** 면 위에 삶은 쇠고기를 얹고 소뼈 육수를 부어 만든 국수

**퍼 가(Pho Ga)** 닭고기 육수에 삶은 닭고기를 얹어 먹는 국수

**분 보(Bun Bo)** 냉면만한 굵기의 면에 돼지족발과 레몬, 파인애플로 육수를 내어 매콤한 칠리소스를 뿌려서 얼큰하게 먹는 국수

**분 목(Bun Moc)** 연골이 포함돼 있는 돼지고기와 베트남 햄 등이 들어간 국수

## 맛있게 먹는 방법

**쟈스민 차** 쟈스민 차는 음식의 느끼함을 없애 주고 담백한 맛을 내주므로 음식을 먹을 때 자주 마시자.

**국물 온도** 국물이 식으면 생숙주를 넣었을 때 비린 맛이 날 수 있다. 생숙주는 뜨거울 때 국물 안쪽으로 잔뜩 넣어야 제 맛이다.

**고수** 고수는 처음 대하면 비린 맛이 난다. 한두 번 먹다 보면 중독된다.

**레몬** 손으로 짜면서 넣어 주자. 새콤하고 시원한 퍼의 맛을 느낄 수 있다.

**칠리소스 VS. 해선장소스** 칠리소스는 매콤하고 해선장소스는 단맛이 강하다. 종지에 두 가지 소스를 섞어 쌀국수 속의 고기와 숙주를 찍어 먹자. 국물에 해선장소스를 넣으면 더 진한 국물 맛을 느낄 수 있다.

**해물 VS. 고기** 베트남 국수의 진정한 맛은 해물보다는 고기로 육수를 낸 국수에서 느낄 수 있다.

# 대한민국에서
# 중년을 향해 달리는
# 나의 남편에게

이 책을 처음 제안받았을 때 도대체 어디서 실마리를 풀어야 할지 감이 오질 않았다. 별 이룬 것도 없는, 곧 서른을 앞둔 여자인 내가 중년의 아저씨들을 취재한다는 것에 겁부터 났고 자칫 그들의 진정한 속내를 들여다보지 못할까 봐 두려웠다. 영화건 글이건 '진정성'이 결여된 '가짜'는 어디서든 티가 나기 때문이다.

그런데 이 고민의 실마리를 남편이 풀어 주었다.

내 마음속에서 결정한 이 책의 콘셉트는 '내 남편에게 읽혀 주고 싶은 책'이다. 출판사가 제시한 이 책의 콘셉트는 '사는 재미를 잃어버린 아저씨에게 꿈과 낭만을 찾아주자!'였지만 취재를 진행하면서 점점 내 마음속에는 30대 중반이 돼버린 회사원 남편에게 느끼는 연민이 깊숙이 자리 잡았다.

# 전형적인 대한민국 남자, 내 남편

나의 남편은 언제나 바쁘다. 야근은 기본이고 토요일, 일요일 없이 출근할 때가 태반이다. 그렇다고 남편이 연봉 몇 억을 받는 잘나가는 전문직 종사자냐, 그것도 아니다. 평범한 회사원일 뿐이다. 하지만 요즘 같은 시대에는 이 평범함도 노력하지 않으면 얻을 수 없는 것이다. 조직에서 인정받고 자리를 지킨다는 것이 어디 그리 쉬운 일인가.

퇴근 후에는 잠들기 바쁘다. 술에 얼큰히 취해 씻지도 못하고 이불 위로 고꾸라지는 남편을 보고 있노라면 부글부글 부아가 치밀어 오르면서도 안쓰러운 맘이 생기는 것을 어쩔 수 없다. '원래는 이런 사람이 아니었는데 어쩌다 이렇게 됐지?' 안타까운 심정으로 머리카락을 쓰다듬게 된다.

가만 보니 4년 전에 산 양복바지에는 구멍이 송송 뚫렸고 백화점 세일 때 산 와이셔츠 깃은 누렇게 변했다. 올이 풀린 넥타이에는 김칫 국물이 튀었고 결혼할 때 산 구두는 가죽이 찢어져 금이 갔다.

총각 시절에는 백화점에서 유명 브랜드의 옷도 곧잘 사 입던 남편은 결혼 후 단 한 번도 양복을 백화점에서 사본 일이 없다. 아내에게는 명품 가방을 사주면서도 자신은 정작 어디서 얻은 나일론 가방을 들고 다닌다. 허리띠를 졸라매며 입사 때부터 타고 다니던 낡은 자동차를 바꾸지 못하는 남편을 바라보는 내 마음은 사실 편치가 않다.

탄탄하고 날렵했던 그의 몸매는 어느새 복부비만이 확실해 보이는 올챙이배로 변해 버렸고 좋아하던 아마추어 야구팀도, 농구도 다 끊은 그에게 남은 취미생활이라곤 컴퓨터 게임과 텔레비전 시청이다. 누구보다 흥이 넘쳤고 음악을 사랑했고 노는 데 둘째가라면 서러웠던 그였다.

## 남편, 이기적이어도 돼!

그렇게 바쁜 남편과의 생활이 익숙해질 때 즈음 이 책을 맡게 됐다. 틈틈이 책을 쓰면서 인터뷰를 하고 온 날이면 난 상기된 얼굴로 피곤에 찌든 남편을 붙잡고 한 시간씩 주절댔다.

"이번에 인터뷰 한 사람은 누군데, 취미가 뭐래. 진짜 신기하지? 재밌을 거 같지 않아? 우리 집에서 가까운데 같이 배워 보지 않을래?"

온갖 회유책을 다 써봤지만 남편은 요지부동이다.

"취미생활은 무슨 취미생활이야. 잠자는 시간도 부족하고, 하고 싶은 골프도 못 배우는 판에 색소폰은 무슨 색소폰이야!"

면박이 날아오기 일쑤다. 하지만 난 포기하지 않는다.

나의 남편에게 이제는 자신 있게 말해 줘야겠다.

"당신, 이기적이어도 돼. 내 뒷바라지 하느라 당신 하고 싶은 거 못하고, 입고 싶은 거 못 입고, 먹고 싶은 거 못 먹는 거 이제 불편해. 그냥 우리 세련되게 살자."

난 이 책을 쓰면서 아파트 평수 늘리는 걸 늦추고 남편의 오래된 자동차를 바꿔 주는 것이 때론 현명한 일이란 걸 깨달았다. 침대 맡에 자동차 카탈로그를 놓고 흐뭇하게 잠든 남편을 바라보면서 말이다.

철없는 막내며느리를 사랑으로 감싸 주시는 시댁 어른들과 막내 딸 하고 싶은 일 하게 하는 게 소원이라는 친정 엄마와 아빠, 내 감성의 원천인 외할머니께 감사의 인사를 전한다. 끝으로 게으르고 미천한 저를 혼내지 않으시고 인내심 있게 지켜봐 주신 글담출판사 여러분께 진심으로 감사하다.

기자 시절 쓴 기사 때문에 십년지기 친구를 잃은 경험이 있다. 그 친구는 가벼운 내 글 때문에 상처를 받았고 나 역시 그 친구의 절교 때문에 깊은 절망감을 맛봐야 했다. 그 후 나는 글 쓰는 일이 무서워졌다.

배운 게 도둑질이라고 나는 또 글 쓰는 일을 하고 있다. 내 이야기가 아닌 다른 사람의 이야기를 빌려 이젠 책까지 썼다. 독자를 위해서라는 이유로 그들의 이야기를 본의 아니게 왜곡하진 않았는지 뒤늦은 반성을 해본다. 귀중한 시간과 보물 같은 이야기들을 아무 대가 없이 내준 여덟 팀의 인터뷰이에게 진심어린 감사의 인사를 전한다.

2009년 여름
홍은미

아저씨, 록밴드를 결성하다

# 30대 브론즈 미스, 중년의 골드 맨들을 만나다!

나는 흔히 방송이나 언론에서 떠들곤 하는 '골드 미스'가 아니다. 그저 30대 미혼 여성으로 쥐꼬리만 한 월급에 연연하며 한 달을 숨 가쁘게 넘겨야 하는, 그런 평범한 직장인이었다. 억대 연봉을 받고 그로 인한 풍요로움을 누리며, 삶을 즐기는 '골드 미스'들과는 확연한 차이를 가지는 '브론즈 미스'라는 말이다.

이 책을 쓰게 된 계기는 아주 사소했다. 회사에서 새로운 지면 개편을 위해 만든 기획 TF팀에 연예팀 기자인 내가 차출됐고, 급하게 아이템을 찾다가 이전의 '아저씨'라고 부르던 사람들과는 다른 세상을 사는 '꽃중년(미중년)'들의 이야기를 접하게 됐다. 그리고 이 아이템은 곧 신문지상에 "4050 아저씨들의 대반란"이라는 제목으로 게재됐고, 예상치 못하게 큰 반응을 얻었다. 그리고 더욱 예상치 못하게 출판사로부터 제안을 받았다.

제안을 받고도 오랫동안 고민했다. 당시 과도하다고 생각했던 업무에 시달리고 있었기 때문이다. 하지만 이 책에 도전하고 싶게 만든

두 명의 남자가 있었다. 예순을 훌쩍 넘긴 나이에도 아침저녁 자외선 차단제를 챙겨 바르시고, 건강을 위한 몸매 관리를 빼먹지 않으시며, 인터넷 사이트에 매일매일 글쓰기를 하시는 아버지. 그리고 40대를 바라보는 나이지만 회사 일에 24시간을 쏟아 붓느라 로션 한 번 제대로 바르지 않아 어느새 얼굴에 모공이 도드라지게 드러났고, 업무상 어쩔 수 없이 먹게 되는 술로 인해 불룩해진 허리 라인을 겸비하게 된 오빠가 그 두 남자이다.

## 결코 쉽지 않은 중년 남성들의 감성 읽기

취재는 생각만큼 쉽지 않았다. 글쓰기 초반엔 단지 '저자'라는 이름이 주는 황홀경에 빠져 알맹이는 잊은 채 감동이 없는 그저 무미건조한 텍스트만을 양산하는 데 급급했다. 자판의 딜리트 키를 셀 수 없이 눌러대며 뭉텅이 글을 날려 버리기를 몇 번이나 했던가. 민주주의에 익숙하고, 인터넷에 능숙한 30대, 그것도 미혼 여성인 내가 한때 "독재정권 타도!"를 부르짖던, 아직도 독수리 타법을 구사하는 중년 남성들의 감성을 이해하기란 결코 쉽지 않았다.

　　그러다 중년 남성들을 찾아다니기 시작했다. 그들을 만나 눈시울 붉히게 만드는 감동 스토리도 들었고, 그들의 삶에 대한 애착에 고개도 끄덕였다. 그들과의 수다는 생각보다 재밌었으며 생각보다 오랜 시간이어졌다.

이 책을 쓰면서 정말 많은 것을 배웠다. 지구본에서 단지 손톱만 한 공간을 차지하고 있는 이 대한민국이라는 곳에 얼마나 많은 사람들이 '골드 맨'을 지향하며 살아가고 있는지 그리고 그들이 얼마나 자신을 위해 땀을 흘리고 있는지를 말이다.

## 배바지를 탈출한 자기애가 멋진 골드맨

나는 최근 회사를 그만뒀다. 경제 불황이 시작되기 전부터 제자리 걸음을 해버린 나의 연봉과 그것보다 만 배는 더 되는 스트레스는 직장 생활 10년차에 다음 직장에 대한 계획도 없이, 모두 다 "미친 거 아니냐."라고 뜯어말리던 사표라는 것을 던지게 만들었다. 그런 나를 보고 누군가는 그랬다. "너 '있는 집' 자식이었냐?"

하지만 이 책을 쓰기 위해 내가 만나고 취재했던 중년 남성들은 '있는 집 자식'들이었기 때문에 현재 남들과 다른 문화를 향유하고 있는 것이 아니었다. 그런데 그들은 다분히 스스로를 아끼는 '자기애'를 가지고 있었다. 나는 그들의 그런 '자기애' 때문에 남들과는 다른, 남들이 무모하다 칭하는 '용기'를 낼 수 있었다고 생각한다.

난 배바지와 늘어진 러닝셔츠에서 벗어난, 자기 스스로에게 한껏 투자를 하고 사는 중년 남성들에게 '골드맨'이란 이름을 붙이고 싶다.

그리고 나에게 새로운 도전을 할 수 있게끔 용기를 준, 몸과 마음 모두 금메달 인생을 사는 그들의 찬란한 꿈과 도전에 무한 감사를 보낸다.

"도대체 책은 언제 끝나는 거냐?"며 턱밑까지 다크 서클이 내려온 나를 걱정스럽게 보시던 엄마와 그런 내 어깨를 말없이 툭툭 치며 웃어 주시던 아빠, 격려를 아끼지 않던 오빠와 새언니, '천재 식신 조카' 훈이. 매우 정말 몹시 사랑하는 우리 가족들에게 '스페셜 땡큐'를 전한다. 또 사회에서 맺은 인연은 그때뿐이라는 편견을 깨준 우리 '패밀리', 항상 뒤에서 지켜보며 닦달하던, 서슴없이 베풀고 챙겨 주던 K·L·P·J·Y, "사랑합니다!"

2009년 여름
이현

아저씨, 록밴드를 결성하다